JN196994

南邦和詩集

空の断章

鉱脈社

若き日の著者

目次

Ⅳ

Ⅴ　海道のうた ―――― 135

Ⅵ　リポート「火山帯」残党記 ―――― 167

加藤　正［カバー表絵］

東京芸術大学卒業後、瑛九、泉茂、オノサト・トシノブ、池田満寿夫、靉嘔らと〈デモクラート〉を結成、活躍する。加藤礁のペンネームで詩人としても知られ、谷川俊太郎、寺山修司らと交流。詩集『逆光線』『薔薇海峡』、画集『仮面のエロス』がある。

大場正男［カバー裏・章扉版画］

戦後、朝鮮半島（京城）から引揚げ、福岡の放送局で効果マン（音作り）の専門家として活動しながら版画作品（孔版、木版、銅版、リトグラフなど）を製作。海外にも出展。スウェーデンSKANSKA美術アカデミー客員教授。

I 別れあるいは祈り

〈祈り〉 大場正男

別離のうた

港では
ひとつの愛をたしかめるために
ひとつのわかれが用意されている
すべての言葉が
かがやきを失ってしまってから
嵐のようにみだれるテープのなかで
おまえのパントマイムだけが
岸壁とデッキの冷たい距離を知っている
いらだたしげに　時はきざまれる
螺旋階段をしずかにつたわってくる

不吉な足音を待ちうけるように
ひとびとは　ただ待ちつづけている
銅鑼のなりひびく
非情な　わかれの
瞬間を
ふいに　おまえの目に海があふれる
とめどなく　海があふれる
海は　やがて
風景をおおいつくして
おまえのこころにあふれる

いまは　執念のようにからみあう
目と目だけが
愛の重さに耐えている
遠のいていく岸壁は
華やかなフィナーレの舞台のようだ
無数のハンケチが涙をもとめ
無数の掌が海草のようにゆれている

橋の上

叢《くさむら》のむこうは
あかあかと熔鉱炉のように燃える

海の色をした最後の幕はとざされた
劇場を離れるように
ひとびとの感激が波止場を去っていく
別離のかなしさを忘れるために
街角の雑踏にきえていく
その時　こつぜんと
ほんとのかなしみが
だれののどもとにも帰ってくるのだ

夕映えである
どんな画家の絵具にもつつみきれない

どんな詩人のイメージもよせつけない
神の意思が炎となって燃えさかる
神秘の時間である
一日の苦役から放たれた
ぼくら現代の囚われ人の暗い胸に
烙印のようにくっきりとやきつく
古代そのままの夕映えである。

橋の上
ぼくの影は十字架のように長い
やさしい毒をふくんだたそがれが
呪文のようにぼくをとりまく
ぼくはたまらなくぼくを愛したい
ぼくは立ちつくす
孤独な一本の杭《くい》のように

かわいた風がとおり過ぎていく
歓楽街の淫らな匂いや
子供たちの歌声をおりまぜながら。

地球のまわる音がする
どこかで　からからと
ぼくの空腹にひびいてくる
〈あれは　もしかしたら
　ぼくの骨のきしむ音かもしれない〉
見えない巨きな手が
ゆっくりと地球をまわしている
ぼくらの生活《くらし》をもてあそんでいる
いつの間にか
ぼくの影が盗まれている。

別れあるいは祈り

おれの見ていた血のようなもの
おれの触れていた炎のようなもの
おれの聞いていた叫びのようなもの
それらは
霧中に溶けていった船影よりも淡く
月明りに夢見た一幕の幻想であったか。

――あの日、雷鳴のように激しい驚愕を、
おれの哀願の額に叩きつけて、爽快な面持
で立ち去っていった愛の末裔。

その夜から
おれは空しさを噛みしめながら愛の名を呼
び続けた。
その寂しい木霊《こだま》に耳をすませた。

おれが確実に耐えてきた不眠の夜に、きょ
うきっぱりと別離のあいさつを交わすの
だ。夜毎、寝返りの仕草の中にむさぼっ
た、忌わしい痛みの傷口を覆い、悲しみ
の面《おもて》に純白の繃帯をあてるのだ。

〈あの卑屈な習性は忘れなければならな
い。母親の乳房をまさぐる幼児の目つき

で、悲しみの周波数にダイアルを合わせ、
遠い人々の慰めの言葉をあさる。あの臆
　病な……〉

少年期の残影をもうふり返ってはいけない
蒼白く燻り続けて力つきてしまったセンチ
　メントの
醜い遺骸《なきがら》を見るだけだ。
郷愁もみんな捨ててしまえ
　母も　海辺も　少女も　街角も　花束も
　……
怠惰な窓辺に頬杖ついて

苦悶の夕暮れを待っていた敗北の姿勢から
　脱れよう。

おれは
にわかに荒涼の沙漠に立たされる
訣別の朝はそこから始まるのだ。
さあ、隊商の訪れを待たないで出発しよう。
脂粉を飛ばしてゆく朝風の中に響きわたる
おれの声を聞け！
沐浴の喜びにつつまれた若い裸形に
新しい旅装で身構えるおれの命令を聞け！

月光と壁

〈かれの目をのぞいたことがあるか〉
風景をもとめているかわいた視野に
　一つの城も
　一つの岬も
映像となってほほえみかけてはこない。
底知れない空しさに呼びかけるものは
　地を這ってゆくわずかな翳りも
　風に流される雲のたたずまいも
はるかな記憶のはてに遠ざかってしまった。
かぎりなく　青い　青さの中に溺れていた
　空への憧れのためでもない
　海への郷愁のためでもない
忘却の祈りをこめた　とざされた未来の色
に。

〈かれの心をのぞいたことがあるか〉
原生林の
未知の広がりのうえを飛ぶ
白い　小さな翼の　悲壮な羽搏きのように
絶海の
氷山の純白にうずくまる
黒い　孤独なうごめきの　独白のように
愛する人の
残酷な死の影を見つめている

沈黙の中の　狂おしい　いらだちのように
座標を見失ってしまった失意の胸に
悲しみだけがくっきりと燃えさかっていた
夏草の繁みにひそむ葉鶏頭《はげいとう》のあざやかさで
〈かれの夢をのぞいたことがあるか〉
中空のつめたい風に身もだえする
一本の　旗にさえ
歓喜がある　優越がある　母国がある
冬枯れた街路樹をめぐってゆく
一羽の　小鳥にさえ
言葉がある　友情がある　古巣がある
山小屋の貧しさを輝らしている
一つの　ランプにさえ
追憶がある　愛情がある　明日がある
のに……　おれの　疲れた　心にも
やわらかい憩いの椅子がなければならない
こころよい朝の目覚めがなければならない

春のデュエット

あなたはここまでやってきた
光にみちた少年期の峯々をこえ

硝烟にさまたげられた青春の視野をはらい
いたましい生命《いのち》の断層をみつめながら
数えきれない季節の谷間をくぐりぬけ
あなたはここまでやってきたのだ

あなたは　いま
期待にあふれた姿勢で立っている
陽炎のようなはじらいに燃え
影のように寄りそう　美しい存在のために
あなたの目は
　その人の心にむかって見開かれ
あなたの耳は
　その人の香わしい鼓動をとらえる
それは　あなたの遠い日の空洞のなかに

水のようにみたされてゆくもの
それは　あなたの囚われた不安を
母鳥《ははどり》のやさしいまなざしでつつむもの
それは　あなたの夜々の想いに
フリュートの愛を奏でるもの

もとめあう掌と掌のぬくもりの間から
あたらしい未来の誕生が知らされるとき
孤独な足跡《あしあと》は　きょうここに交わり
永遠を誓うあなたたちのデュエットは
風雪に耐え　かわらぬ春をたずねて
いつまでもつづけられることだろう

〈祝婚詩　Y氏の為に〉

夜のロンド

ほのぐらい扉をくぐると
温室のように熟れた匂いがする
女たちは肌をみがいて　酒瓶のまえに並び
男たちは言葉をみがいて　とまり木に並び
危険なあやとりをくりかえしている
レフリーのいない決斗のように……

唇をぬらし　のどをとおりぬける
美しい虹色の液体が
狂暴な野性の記憶をよびおこす
男が　女の指を見つめる目つきは
とおい　太古の父祖たちが
密林の夜の秘密を嗅ぎわけた目だ

女たちは　美事な調教師だった
いきりたつ　野獣のこころを
飼いならした小鳥のようにもてあそぶ
そのたわわな乳房の下には
かくされたあぶりだしの夢がある
単純な　おもわせぶりな　貪欲な……

夜は　おびただしい精液で街をつつむ
すべての屋根をはがしてみたまえ
そこには　男と女の疲れた肢体が

虜囚の剝製のように眠っているはずだ
朝がきて　まぶしい太陽のなかで
二つのぬけがらが挨拶をかわすことだろう

空

——今日
僕らの空が死んでしまった
かあんかあんと谺しあっていた
峰と　梢と　尖塔の
あの成熟した空たちが
風景を覆いつくして奔流する落葉の渦に
黄色く汚染されていった
いつか
林の奥深くお前と二人いた
まだらな光を踏んで急いだ小径のはてに
コンナニモ
コンナニモキレイナ空ガアルナンテ
アア　オマエノ目ニ湖ガ映ッテイル
潅木のすそに言葉は失われ
真近にせまった空の鼓動に耳をすませた

もうここには風景がなく
永遠のように時が刻まれていた

お前の見開いた黒い目から
陽炎のように僕をさしまねくもの――
羞恥いの中に芽生えた芥子粒ほどの勇気で
　告げられた
お前の秘密を

僕のほかに誰が聞いていたというのだろう
　けれども
租み合わされた手と手の刹那に
疾風のように間隙をもとめてすりぬけてゆ
　く愛の実在
――なんとその距離のとおさ

信じようとして空しく力つきた頑なな僕の
　心よ
ああその日
今日の空をどうして予期しえよう

愛は
空にうつした僕らのシルエット
僕は　あの夏草の感触が
ふたたび僕の手に帰ってくる
その日を待っている
お前と僕の仄かなランプのための歴史に
空たちはもういちど帰ってこなければなら
　ない

やがて

そらぞらしい冬の貌が
僕の小さな明り窓に挑んでくるのだ
空に向かって悶絶した季節の哀歓の上に
あたりまえのように真白い雪が降りつむに
ちがいない
そんなときにもお前と僕の空は
蘇生の喜びにあこがれて静かに時をまって
　くれるだろうか

ぷろむなあど

正午——。日時計ノヨウナ正確サデ、紫色ノ影ガぺいぶめんとヲ横切ッテユク。枯葉ノ散リ敷イタ冷イ石畳ヲ数エテ風ガ流レタ。寂シイ俺ノ日課ガ街路樹ヲ伝ッテユク硬イ足音
港ノ空ハキョウモ満艦飾。透明ナらいとぶるうニ、三色旗ガ溺レ、星条旗ガ流レ、ゆにおんじゃっくガ舞イ……万国旗ノサザ波ガ立ツ。税関ノくりいむ色ノどおむハ東洋風ノいめえじヲ誘ウ。あどばるんハ人待顔ノ浮標デアル。

英国領事館ノ角ヲ曲ルト、波止場ノ欠伸ニブツカル。俺ノ待ッテイルぎりしゃノ商船モあめりかノ客船モ不在ノ岸壁。赤茶ケタ恥部ヲムキダシニシタ国籍不明ノ貨物船ノでっきデ、青イはんちんぐノにぐろガ白イ歯デ笑ッタ。

公園ハ、子供タチニ占領サレテイタ。老婆ノヨウニ枯レタ枝ヲ無気味ナぽおずデ天ノ一角ニツキダシタ並木ノ蔭ニ、観光ばすガ玩具ノヨウニ置カレテイタ。退屈シタばすがあるハばっくみらあデ器用ニるうじゅヲ引イタ。

金網越シノ風景ハ実ニ奇妙ダッタ。動物園ノ小猿タチノヨウニやんきいノ赤ン坊ガ泣キワメキ三輪車ヲ奪イアウノダ。Off-limitsノ黄色イぺいんとハスッカリ消エカカッテイタ。

時ナラヌ騒ギハ、黒衣ノ修道女ニ引卒サレタ幼女ノ一群デアッタ。彼女タチ……オ揃イノ赤イべれえトぶるうノすかあとデ四列ニ並ブト、釦ヲ見ルヨウニ可愛イラシク、小犬ノヨウニ鼻ヲナラシテフザケアッタ。

灰色ニ煙ッタ工場地帯ガ港ノ遠景ニ広ガッテイタ。俺ハ、キョウモ同ジ姿勢デ海ヲ見ルタメニココヘ来タノダ。

朝の事件

キラキラと水滴のように光る
小さな目が
じっとぼくを見あげていました。
星でもないぼくを
旗でもないぼくを
なにか言いたげな小さな目が。

戸惑いながら
ぼくは周囲を見まわしました。
いろとりどりの衣裳につつまれた
貧相な骨たちが
朝のあいさつをかわしていました。

〈おはよう
〈オッス
吹雪のなかの枯木たちのように
たえず身ぶるいしながら。

小さな目は
ガラス鉢の金魚のように
天井にむかってあえいでいました。
〈きれいな空気がほしいの
〈朝の景色が見たいの
その目で見つめられていると
大人国のガリバーのように

ぼくまで息苦しくなってきました。
ぺしゃんこのランドセルを鳴らして
小さな目は
五月の街へとびだしていきました
娘を見送った父親の満足と
小鳥を逃がしてやった少年の快感が
ぼくの胸にかえってきました。
もう一度周囲を見まわして
てれくさそうにぼくは笑ったのです
秘密を見つけられた子供のように

東　京

やたらに　ハンカチをさがすな
目のあたりにおもわせぶりな指をはこぶな
足をプラットホームに生やして
おもいっきり手をふれ

それが訣別の合図だ
汽笛に耳をかすな
しめっぽい群衆からいそいでとび出せ

だれも　かれも
あいつのことを口走る
恋人を自慢するようなはすっぱな口調で
麻薬をもとめるような熱っぽい目つきで
きょう
ひとりの男が
あいつの手品にあざむかれて
ほこらしげに故郷をすてた
祭日の百姓のように着飾って
屠殺場へ殺到する若者たちのために
十字をきれ
東京は
犯された頭脳の展覧会
変色した魂の市場

指紋のない犯罪者の溜り場
電光ニュースを見失うよりも
たやすく
素顔と体臭をスリとられる街
それが　東京だ

息せききって
階段をかけおりると
太陽の散弾に射ちぬかれて
失神している街路がある
燃えているアスファルトに
くっきりと足跡をきざめ
ここが　おれたちの墓場だ

雨と坂道のファンタジー

雨にぬれている十字架たちは
おし黙って続く葬列を見るように淋しい
ふと　眼鏡を曇らせてゆく
あやしい幻覚をずりあげながら
くらい坂道をたどるぼくの歩行は
なまぬるい感触でせまってくる
見えない死者たちの気配におびえてしまう

鉄柵に囲まれた芝生のうえには
過ぎていった日の饗宴に疲れ疲れた
ものいわぬ肉体たちのうつろな影が
想い出の椅子にもたれかかっている

おとこ　おんな　老人　子供たち
ぼくの想念に　とつぜん襲いかかってくる
死者たちの耳なれないざわめき……

あの少し鼻にかかったソプラノ　は
おしゃれなタイピストだった
金髪のパリジェンヌ
お説教のように正確なアルト　は
オールドミスの教師だった
ふとっちょのイギリス女
検事の退屈な求刑論告を思わせるバス
は

天気予報のように気むづかし屋だった
　ドイツ人の船長
はつなつのさわやかなテノール　は
　ターバンの蔭に栗鼠の目をもっていた
　インドの若者たち
快活なボーイソプラノ　は
　五月の木洩れ陽のようにはしゃいでい
た
　国籍不明の悪戯児たち

〈In loving memory of so and so〉
乳色の大理石に刻みこまれた
つめたい定冠詞の　世界に
未知の　不毛の　まどろみをもとめ
愛する者の愛情のなかに生きている

かれら　ひとりひとりの頭上に
異国の空がパステル画のように煙っている
ここではきまって過去が話されている

もはや　どのように深い心の秘密も
罪の不安におののくことはないだろう
どのようにやさしい愛撫も
あたたかい体温をつたえてはこない
愛　や　歓喜　に満ちていた日々が
病気　や　失意　の悲歌とともに
追想のロンドをくりかえしてゆくばかり
　……

〈いつか
　ぼくには　そのことが

〈不思議に思われてならなかった……〉

港の空に巣食っている
あの　どよめきのような灰色が
なぜ
夕ぐれの家並をかすめて
ひとびとの睫毛に不信の翳りをつくって
外人墓地のある山際にそよいでゆくのか

　　岸壁にはねかえっている銅鑼も
テープをつたう別離の叫喚も

造船所のクレーンのきしりも
　若い職工の悲鳴も
　　娘たちのはずんだ笑声も

あれは
大理石の碑銘を背負って
明るい坂道のあたりをさまよっていた
死者たちの
乾いた郷愁が
水平線の雨雲に呼びかける
淋しい合図だったのかも知れない

0《ゼロ》からの発言

火山帯の仲間入りをしてからようやく二年——ほかに詩歴というほどの歩みを持たないぼくには、詩誌火山帯での作品活動がぼくの詩遍歴のすべてだといってもいいと思います。いま改めて、ぼくの詩観をということになると、あまりにも貧しい、ちっぽけな自分を暴露してしまうほかはないのです。ぼくにとって詩を論じるということは、いかにもはれがましく、むしろタブーにさえ思われてくるのです。けれども、ぼくがあえてそのタブーに挑戦しようと決心した意図は、単なるぼくのサディズムを満たすためではありません。ぼくは健気にも、自分の内部に埋もれているのだと信じている、自らの可能性を試したいという無謀に駆られたのです。

いま、潮騒のように繰り返される不安や期待が、ぼくの胸を熱くします。そして火山帯こそ、この未熟な若者のためにささやかな冒険《アヴァンチュール》を許してくれる唯一のコロシウムだという安心感が、ぼくにこの八方破れのわめきにも似た発言を促してくれたのです。ぼくは、この幼い独白を通じて、自らの座標を再認識したいと思っています。みなさんの嘲笑と叱責をいっぱいに浴びて、より高い飛翔を試みたいと願っています。

〈詩とは何か〉〈なぜ詩を書くのか〉ぼくはいままでも、しばしばこの素朴な、あまりにも本質的な疑問の前に立止まってしまうのです。もし、善良な、またはいくらか意地の悪い読者に、真面目な顔でこんな質問をされたとしたら、ぼくは素直に、そして、相手を納得させるだけの答を見付けることができないだろうと思います。それどころか〈書きたいから書くんだ〉と乱暴に叫んでしまうかもしれません。その答は半ば本心です。というよりぼくの答えうるすべてだといってもいいでしょうか。現在、ぼくらがその存在を認識し、あるいは親しんでいるあらゆる芸術の中で、詩の定義ほど、権威のあるカテゴリーを持たないものはないと思います。T・S・エリオットが詩の定義の歴史について「曖昧と誤謬の歴史である」と説いたように、詩という桂冠をふりかざしている魔女は、各人各様の眼鏡にその豊饒な肢体の魅力をゆだねているようです。ぼくにとって、彼女の魅力は、未知の世界を覗く早熟な少年の好奇心を出てはいないようです。彼女の寵愛を求めるには、あまりにも自分の青さが気にかかるのです。

詩それ自体のもつ曖昧さと同様に、ぼくが詩を書いている理由も説明できない感情を孕んでいます。けれども多くの場合、詩の定義の曖昧さを指摘する人はあっても、詩の本質と、その存在価値を最初から否定する人は、まず、いないと思います。詩が芸術という分野において、絵画、彫刻などと共にその価値を否定されない同じ理由でまた、芸術と呼ばれるあらゆる対象の底流に〈Poetry（詩情）〉として、象形の美と並列に根元的な存在を示しているように……ぼくの中に占める詩の位置は、生活のための職業や、住居や、恋人と共に内在し、いや、それ以前のものとして、ぼくの小さな歴史や、貧しい現実生活の背景に挑んでくる生の衝動だといってもいいと思います。ぼくは最も人間的な生理として詩を書きます。目的に把われることなく、衝動のおもむくままに筆を取ります。強いて目的を想定するとき、ぼくに詩を書かせる衝動は貧しい人間としての飢えです。乾燥した社会に生きている渇きだといってもいいのです。詩の発見は、社会と名付けられた非情の競技場に、有形無形、あらゆる条件を伴って、乱反射のようにばらまかれたハンディキャップレースの中で、自分の順位を教えられた驚きであるかもわかりません。ぼくらに真実に平和な時代が約束され、満ち足りた日々が与えられているとしたら、誰が、詩という不完全な道具にすがって、叫び、祈ることをしたでしょうか。恐らく、詩はいまとは違った概念を築いていっただろうと思います。けれども、ぼくらの歴史が教えてくれたものは、いずれの時代、いずれの社会を通じて、王には王の不幸が、乞食には乞食の悲哀が待っているという事実でした。人間として生まれ、生きてゆく者のみが持たされた共通の苦悩の上に、詩芸術もまたその永遠性を約束されているのではないでしょうか。

ぼくは詩に対する出発において、詩は一つのムードであるという漠然としたカテゴリーを自分の中に設けていました。何か説明のできない快感、抑えることのできない感動となって迫ってくるものを、詩の価値ないし、効用として見ていたのです。それが非論理的、非科学的だと非難されるとすれば、その非論理性、非科学性こそ詩の詩たる特質なのだという逆説に立つのです。詩が一面的な視野からは定義されえないもうろう体であるということの前提に立って、その本質を反映させる効果をムードとして見るのです。

ぼくの詩は、系統的な詩論というものを持っていません。バックボーンとなる強いイデオロギーもありません。きわめて自然発生的です。初歩的段階といわれ、素朴レアリズムと評されることも、自分の幼い詩の歩みから見てもとより覚悟しています。しかし、ぼくには、ぼくの体質と体臭から発してくる感動や主張があると信じています。このやみがたい衝動の求めによって創造された詩作品が、あるいは抒情といわれるエコールを犯し、あるいは主知と概念された岸辺をさまよい、またある時抵抗の姿勢で叫んだとしても、それはぼくの詩人としての良心をゆがめるものでもなんでもないと思うのです。ぼくは、自分の内部の声に応えて、自由に、そして、貪欲に詩作してゆきたいと思っています。詩は、ぼくの生理につながる排泄なのですから……。

最近、詩を語る多くの人々の口に、詩のモノローグからダイアローグへの展開ということがいわれていますが、ぼくもこの問題を現代詩の一つの活路だと注目している一人です。ぼくはこれを詩の立体化と考えます。詩がことさらに現代詩と呼ばれ、複雑多岐にわたる現代社会にアッピールをもつためには、一面的、平板な視角に固執した表現形式では容易にその本来の効用を発揮できないと思います。近年においての、映画、テレビ等のマスコミュニケイションの驚異的な発達が、詩人にとって、俗世界のことであり、無関心であっていいということにはならないのです。詩の大衆的意義という大きな問題が真剣になって考えられている今日、多角的な主題《テーマ》を詩的統一に導く方法として、朗読詩や詩劇のあり方が再検討され、再評価されるのも、そのような必然に直結しているからだといえるのではないでしょうか。

舌足らずな表現で、しかも、ぼくなりの退屈な主観で、詩論風の発言を許していただきましたが、終わりに、今後のぼくに課せられた詩作態度として、はなはだ希望的な抱負を述べてみたいと思います。過去においてぼくの詩に寄せられた同人諸氏の批評の中で詩美構成のモチーフが植物的であり、また、サロン的であるという言葉はまことに適言でした。その烱眼の前に、自分の抒情詩人としての宿命を卒直に認めないわけにはいかないのです。ぼくの詩の故里は、やはり抒情と呼ばれる周辺にあるようです。このことは前述したぼくの体質につながる問題でもあると思われます。そして従来、ぼくの作品に共通した弱さだとして指摘されていた、モチーフの単純さと、風景描写的構成に頼った幼稚な手法からの脱皮を試みて、主題《テーマ》の重視と、ドラマ性の導入とによって、新しいレパートリーを開拓したいと思っています。詩という魔性に、強い誘惑を覚えてから数年、いまも一貫して流れているぼくの希いは、美しい詩を書きたいということです。そしてきょう、そのひたすらな希いに加えて、より多くの人々の心の奥深く感激を求めてゆく強い力〈訴え〉を持ちたいと叫びたいのです。

Ⅱ　城と橋との距離

〈詩人〉　大場正男

傷　痕〈少年期の自画像〉

（ぼくの内部に灯がともり　安らかな寝息に充ちている部屋が開かれている　夜は憩いのために　優しい暗がりを用意してくれるだろう　この静寂が予感するものは明るい明日の太陽でなければならない）

プロローグ

昨日から明日へ……
たゆみなく流れてゆく快い微睡の中に
古いフィルムのように断続している
夢がある
冬を求めて帰ってくる
あの忌わしい疼痛《いたみ》のように
若い年輪にきざみこまれた
恐怖と屈辱の記憶が
後遺症となって眠りに挑んでくる
夜がある

I

少年の頰に微笑がくずれると
ポプラ並木の美しい半島の秋は
異国兵の緑衣に荒々しく蹂躙されていた
教科書にもない校長の訓話にもない
突然！歴史の背後から踊り出た母国の敗報
　だった

マンドリンをもてあそぶ太い指に
金色の生毛を光らせ
淫らな刺青を飾った
流刑場出身の伊達男たち
動物の体臭をもったカピタン・イワノフ
支配者の貪欲な目に
冷たくまつわりつく銃口の黒い広がり……

チャースイ　ニェート　（時計ないか）
マダーム　ニェート　（女いないか）
呪文はいつもきまっていた
細い手首から形見の時計は毟りとられ
少年は雄々しく母を庇っていた

（註　マンドリンとは自動小銃のこと）

II

女……
女はこの時代にも悲しみの象形文字だった
無惨な坊主頭を風呂敷に隠して
うつむいていたセーラー服の影が
夕暮れに滲んでいった
背丈ほどものびた夏草の匂いに埋もれて
小さな拳《こぶし》は怒りにふるえた
童心が燃えて燃えつきた夕焼空に
少年は新しい誕生を約束されていた
ヤポンスキーの悲哀に泣いた
眸は　二度と
掠奪の日課を恐れはしなかった

センソーってなんのためにあるのだろう
　どうしてマケタのだろう
ようやく疑惑に波立ち
怒りに見開かれた瞳孔から　すでに
受難の遍歴は始まっていた

Ⅲ

はげ山の起伏に初夏が光っていた
白く乾いた一條の流れに
泥のように密着しながら
避難民は葬列の歩みを続けた
淡緑の風景を痛々しくひき裂いて
絵本を忘れた子供たちが
過去を捨てた不幸な親たちが祖父たちが
襤褸のように身をよせあって
敗者の群は南へ流れた
　一つの願望が
〈内地〉という言葉に貫ぬかれて
炎の激しさで落伍者を鞭打っていた

玄海灘に荒れ狂う引揚船のデッキで
暗い海面に嘔吐を続けながら
少年は一つの叫びを聞いていた
　日本の山が見えたら
　　もう死んだっていい

明日のために

きょう
青々とそよぐ視界の果てに
秘密に縁取られた歴史の黄昏が

黄色く燃えていったとしても
暗い断層につながる傷口が癒えたとはいえ
ない
ふたたび
不吉を孕んで吹き起こってくる
無法の風に
ぼくは自らの傷痕のために立ち向かおう

善意に満ちた厳しい精神《こころ》で対決しよう
童心を葬った黒い記憶に
きよらかな追悼を捧げよう
やがて真実に慰籍の日がくるだろう
ぼくの勇気が倫理となる日
そのときこそ　ためらわずに
ぼくの生を謳歌することができるのだ

城と橋との距離

城は
　たとえば
モザイックの古風な額縁の中に

孤高を沈めて
遠く霞んだ風景でなければならない
風の　そよがない

波の　さわがない
爛熟した東洋の真昼のように……
　城を彩る画布《カンヴァス》のために
　冬枯れたムードはどこにもない
どこか遠い　見知らぬ朝
少女たちの祈りが
清冽な空の深さに溶けこむように
　　　　　日毎に
貧しいぼくらの渇望の奥深く
神の高さで聳え立つものが城なのだから……
ぼくらは無数の城をもつ
（いや　そうではなくって……）
暗い迷路をさまよいあるく悲壮な勇気や
森のようにおおいかぶさってくる不安と一
　緒に

小さな灯にも似た
城への招待券をもたされているのだ

橋──
ぼくらは
はしという言葉の哀しい響きを拒絶しよう
橋には遠景がない
クローズアップされた醜い表情が橋のすべ
　て
屈従を強られている厳しい構図が橋の掟
ぎらぎらと欺瞞に輝く
汚濁の流れを抱擁して
橋は数えきれない月日を
　まいにち　まいにち　小舟で捨てた
疲れた日々や悲しい歳月……

下流にうず高く積まれた　それら
腐臭もなければ
もう泣くこともない　それらは
声も立てずに忘却の海流に乗ってゆくだろ
う
海に消えた水夫のように
ときおり
記憶となって河を遡ってくることはあるけ
れど……
橋の眸は遠くを見てはいない
雑踏の重みに耐えている苦悩が
冷たい橋桁を依怙地にする
河底に澱む塵埃はいつか血となり骨とかわ
って
橋の潔癖を刺戟する

この反逆の姿勢で
いま　無数の橋がぼくらだ

橋上に黄昏がある
河面をすべってゆく一日の悔恨よりも重く
光と陰のハーモニーによみがえる
城への幻覚
　思いっきり手をのばしたって
　音高く足を踏みならしたって
　口笛吹いたって
橋の位置をぼくらがどうしようというのだ
ぼくらの目を
雨雲がかすめてゆく
城は焦躁と化身する

城を求めるぼくらの生理が
橋上を支配するとき
ぼくらは夜に挑戦して篝火を囲むのだ
闇を射る熾烈な焔の色に
城への距離を見つめるのだ

風化の中の声

幾千の朝が
　　　　幾千の昼が
幾千の夜が
わたしの寂寥を吹きぬけてゆく
乾いた砂で築かれた
　　　　城壁の脆さで
あとからあとから崩れ去ってゆくわたしの
時間たち
わたしは空洞《がらんどう》……
黒い水平線に
不信の積乱雲をさし招いて
無名の波たちが
　　　　冷酷に浸蝕してくれた
屈辱の色に造形してくれた

孤独の青をたたえた若い廃墟
満天
　星に飢えている
くらあい岸辺に立つと
コールタールの滴りそうな
仰ぐことも罪となる
　　　　漆黒の広がりには
灯台の位置をもとめて
わたしの木霊《こだま》が寒々と飜っている
わたしの盲目の背後に
昂然とひそんでいる
　　　　原形への熾烈な郷愁!
鋭角への憧れ……

埋没した原始の復原を夢見る
　　　　　　　　　絢爛!
の願い
　太陽が　海が　母が　……黄色が
わたしの裸身に涙を呼んでいる
わたしの胸廓を野性に彩る
すべて
　素朴なものが
　強烈なものが
わたしに……
わたしの網膜に重い呪縛がゆれる
わたしの耳に遠い窓が開かれる
かすかな呻きが洩れてくる

風のささやきが訪れてくる
もはやわたしは確実に予感しなければなら
ない
危機を孕んだ沈黙が炎と燃える朝のことを
忘れられた眠りが喜々として蘇る夜のこと
を

悲壮なる序章

〈遠くなってしまった　ある日の思想〉

曠野の落日は裏切のように貪欲な血の色

風化に耐えている姿勢で
浸蝕を阻む意志で
ちっぽけな背丈ほどの座標が刻まれた
この暗がりの中に
わたしは
どのような季節の到来を待ちうけている
のだろう

白楊の黒い影が不吉な予感におののいてい
た（に違いない）
ひとびとの瞳孔の奥深く

敬虔な祈りをかすめて
猜疑の蜘蛛の糸が無限に広がっていた

黄土の陽炎をぬって
一発
狂人の銃声が谺していった
時
きな臭い硝煙にけぶる万国旗の裾に
からくも祝福された
おれの誕生

この世紀児のために
天鵞絨の感触をたたえた
晩夏の空がおりていた　その日
規格品の揺籃に流れる

カーキ色のピアニシモ
翡翠の童心にまどろむ抱えきれないほど
の　真綿の夢
の果から
煤煙のようにまつわりつく独裁者の
黒い目と拍車の輝きを
おれは知らない

少年の喜びはきんいろで
朱房のサーベルや金モールの参謀肩章に
軍神の未来を誓ったこともある
おれはなにひとつだって疑うことがないの
だ
教科書の肉弾三勇士が
おれの小さな机の上で文鎮になっていた

ことも

ある夕暮れ
ふとおれの両手からずり落ちて
喪失した
獅子の児のプライドがあった
日付のない暦をめくってゆく母国の秋に
風が伝えて呉れた
季節の歌は　ああそれは
敗者の譜ではないか

玩具を奪われた童児の悲哀は
おれに言葉を忘れさせた

おれの記憶は
かすめひく潮騒の遠吠えとなって
白粉くさい過去の楽屋に
破れた硝子窓をふるわせ
鏡の中に埋もれた景色をもとめていた
いまこそ
おれの恐愕に映る大人の自画像
その白い視野一面に
血に餓えたおれの誕生の秘密が
醜くゆがんで沈澱してゆくのだ

すべて書き変えられる歴史に
もうおれの用はないんだ

空の断章

ぼくの空にも
おまえの空にも
無言の落書がかくされている
おなじように傷ついている少年期のこころ
が
あの並木路のはての　透明なひろがりの奥
に
悲しみを彩る雲の原点となって
ぬりこめられているはずだ
　空は　晴れていても
　　曇っていても
いつも　ぼくの胸底におとずれてくるのは

とおい日の青い傷痕《いたみ》。

ぼくの空は灰色の爆音にちぎられていった
軍馬のいななきが空をおおっていった
少年の目でとらえた最後の空は
泥まみれのリュックに支えきれない失意を
　こめて
嵐の日の海峡を
嘔吐とともに渡っていった黒い空
はるかな故国の山脈《やまなみ》がぼくの両眼を射たと
　きから
ぼくは空虚な視野にまさぐりつづけていた

満たされない夢の鋳型をだきしめながら
かわいた唇で呼びかけていた
たしかな予感におののく無形の何かに向かって
それは　まだ見知らぬおまえの座標……。

いつからか
ぼくらの空は重なりあい
おまえとぼくの
ひたすらなまなざしの接点に
ぼくらの小鳥は飛んでいた
二つの視線に結ばれた美しいリボンのように
ふかい青の背景に溺れることを知らず
豊かな円をえがいて
しだいに力強い羽搏きを見せて……
いま　ぼくのよろこびのゆび先に
おまえの感触はあたたかく波うっている。

ぼくらの旅立ちは約束された
純白の旅装に身をかためて
ひかえ目に愛を語るおまえのほほえみが
かたくなにとざされたぼくの扉をたたく
ぼくの声はあふれる泉となって
かがやくおまえの壺に流れこむのだ
こうしてふたりのために新しい習慣が生まれる
ぼくが鞭とかわる夜は
おまえは炎となってぼくをつつむだろう
いのちのおわりの日まで

ぼくらは愛をひもとくのだ
糸をつむぐささやかな日課のように。

ひまわり

〈ひまわりの花ことばをわたしは知らな
い〉

失われていくものへの追悼のように
めまいに似た　いたみに似た
強烈なかがやきでわたしの風景に狂い咲く
ひまわり
ケロイドのようにひきつれた記憶を
かわいた風がめくっていく
炎の季節

一九四五年　夏
ぼくは敗戦の意味をはじめて知った腺病
質な少年
はげしく祖国をもとめる難民の焦燥の日
日
銃口にまつわりつくロシヤ語の怒声にお
びえながら

ひまわりの種子をかじるその国の風習を知った
唾とともに吐きだされる屈辱に耐えて
萎れた花びらに傷ついた夢をかくして
押花をするひそかな悦びだけが許されていた

一九四五年　夏
ヒロシマでは無数の少女の髪が焼きはらわれた
ナガサキでは無数の幼児の瞳がどろどろに溶けた
ひとびとの営みが　美しい街のたたずまいが
おびただしい死臭を誘ってキノコ雲に消えた日の
呪わしい閃光がひまわりの面に刻みつけられている
悪夢を憎む世界の涙は　天に満ちて
きょうも死の雨が都市や村々の上に渦巻いている

大都会のひまわりは
高架線の合間に騒音をあびて失神している
植物図鑑から忘れられた悲しいポーズで
海辺のひまわりは
ビーチパラソルに彩られた　日盛りの砂丘に
ことしも何人目かの夏の生贄を波間にもとめている

高原のひまわりは
サナトリュームの中庭にひっそりと立って
喀血した若い魂たちの追憶を燃やしつづけ
るだろう

哀歌《エレジー》

〈定期券〉について……。
わたしの傷ついた七曜表は
まぎれもなく
おまえの非情な属性に囚われているのだ
わたしがおまえを所有しているのではない
禿鷹のように陰惨なおまえの習性が
わたしの網膜を黄色く蝕んでゆくのだ
極彩色のビニールに飾られて
娘たちの固い乳房を覗いている「時」
高価な鰐皮におさまって
中年男の欲情にきき耳をたてる「時」
走馬灯の風景に溺れた子供たちの胸に
勲章のようにぶらさがっている「時」
おまえの支配する光景の中で
わたしは　すでに
軌道に繋がれた囚人の極印をあびているの

だ

波止場から吹きわたってくる軟風が
領事館のユニオンジャックに光っている
鮮かに区画された街路樹をめぐり
熱気を孕んだビルの窓ガラスを掠めてゆく
　午後五時——
オルゴールの冴えた音色が
わたしの空腹に呼びかけてくる時間
都会の人口はにわかに歩道にあふれる
ただ一つの泊木《とまりぎ》をもとめて
人人はあらゆる軌道に執着をもって急ぐ
盛夏の太陽は
波動する白い群衆の上に
強烈な愛撫を注いでいる

狂った車窓に風景が失われている
押し黙ったクレーンの表情が
古代色に染まってゆく空に向かって
奇怪な象形文字を描いているばかりだ
車体の振幅に目覚めて
一日の倦怠が水銀のように下腹部へ流れる
飢えと　疲れが
胸のあたりで醜く合唱している
笑いを忘れてしまった空間に
デスマスクを鞄に入れた紳士たち
戒名をハンドバックにひそませた淑女たち
華やかに装おっている
顔　顔
迷子のような不信に支えられて

悲しみが吊皮を邪慳に握りしめている
女たちの汗の匂いが
飢えている男たちの鼻孔を卑しく刺激する
青い暦をめくって　ときおり
あの日曜日という懐かしい一日が訪れてく
るほかは
きょうも　あすも
終着駅を持たない乗客のために
木枯しのように厳しく
フィナーレのない永遠の哀歌《エレジー》が奏でられて
いく

冬のプリズム
——曇天と枯木について——

1

街路樹の灰色の影を掠めていった曇天のペ
イブメントを歩く
ただ　ひとりで……
きらきらと無心に輝くガラスの破片を噛み
しめながら
おまえは　ふと

背後にせまった追跡者の気配に驚くことは
　ないか。

空気のように冷たく磨かれたショオウィン
　ドォに足をとめる
ただ　ひとりで……
透明な断層の内部《なか》に渦巻く虹の色彩にあこ
　がれながら
おまえは　ふと
頭蓋骨を叩きつけたい狂暴に襲われること
　はないか。

2

ぼくの冬枯れた視界に
枯木とともに飄っている一枚の古ぼけたポ
　ォトレェト
追憶をたどる悲しい軽さのなかに
痩せぎすの肩に曇天をうけとめて
国境に近い北鮮の山影が背景に流れて
そこには
壮年の体臭をたたえた父の顔があった。
いまは確かめる原形のない焦燥のまばたき
　に
微笑を忘れた表情がぼくを把えて離さない。

林檎園の木柵をぬってゆく雪溶けの道。
牛車のおそい歩みと重い響が通りすぎる
　冬空。
視野をさえぎる異様な死臭のイメェジ。
荒莆におおわれた車の上。

野菜のように無雑作に積み上げられてい
　るもの。
硬直した五本の指が語る敗北者の悲劇。
山上の共同墓穴に急ぐ土色の肉塊たち。
牛を追う男の無感動な瞳孔。
白い息と猫柳の鞭。

溺れるような目でぼくはその光景を見てい
た。
ロスケの使役に追われた奴隷のように無言
　の夕暮れ
傷ついた血豆の掌を両手で暖めてくれた父
　の匂いが
ぼくの涙腺によみがえってくる。

3

おまえが無言で通りすぎてきた街角は
もうふり返ることもできない
グレイの気体につつまれた交叉点で
明滅する標色灯を見上げながら
ふいに　恐怖があふれる
鋭いクラクションに誘導されて
蝕まれた並木を疾走するスポーツカー
　の血の色
曇天の季節に跳梁する
赤
　の反乱。

おまえはそれから脱れることができない

執念の色は
おまえの歩調の中で繁殖するばかりだ
赤いポスター赤い看板赤いカーテン赤い屋
根赤い翼
ペンキぬりたてのポストに不用意な戦慄が
羽搏く
ビルの空間には三色旗のひときわ赤いはた
めきが
波止場には新造船の赤い屹水線と赤い浮標《ブイ》
が
おまえの散歩路は予約済の赤い印《しるし》で埋まっ
てしまった
沈まり返った葬列のように枯木の続く街路
には
すでにおまえのための方向が失われている
のだ。

敗北の午後

十二月の空がつきおろす壁色の風に
弔旗のような静寂
の午後
が漂う

ここはオープンセットのように背景のない
　露路

乞食女がいた
枯葉の中に自分の過去をさがしていた
アカデミックな怠惰を孕んで
主のない高級車の原色がひそんでいた

おれの靴音が石畳に響いている
石塀をまわる
ビラで汚れた電柱を曲る
襤褸のようにうずくまった女をめぐる
ほんとにさりげなく
ゆきすぎる

　　——と
自分ノモノデナイクセニ
……………
声ではない
たしかに声ではなかった
男とも女ともわからぬ表情のない顔が
ふりむきざまに吐きすてた言葉
おれの背筋に排泄物のように投げつけられ
た

ことばの感触——

しかし
それはすでに女の声ではなかった
喬木に寄せた木枯しのくりごと……
いや砂塵が伝えたおれのための遺言のよう

に。
らくがきを背負った石塀が
不意におれにむかって倒れかかってくる

なまぬるい悪感を鼻先にぶらさげて
おれは犯人のように露路を歩いていた
露路から露路へどこまでもどこまでも
峡谷のようにエコーして
フィルターマイクの声がおれの耳に囁きか
　けてくる
自分ノモノデナイクセニ
自分ノモノデナイクセニ
――

地を這うように
家並をかすめて
きまって背後からおれに聾いかかってくる
　喪服の幻想
あるいはカラス共の陰惨な習性のこと。、

一体どうしたというのだ
乞食女
お前は何者
お前の恵んで呉れたたった一つの言葉に
おれの不安が羽搏いているではないか

嫉妬

——灰色の寓話——

スリガラスで太陽をのぞくように
冬の空は鉛色のスモッグに犯される
光のとどかない海底の鋪道に
ひとびとの不安な表情がゆられていく
それは　若い人妻が昇天するにふさわしい
沈んだ朝だ

共稼ぎの若い夫婦は
いつもの街角で別れた
手を振りながら　秘密の合図を送りなが
ら
夫は　海岸通りの△△カンパニーへ

妻は　オフィス街のタイプの前に
ひとびとは
機械のような正確さで
それぞれの机に急いでいた

鋭いブレーキをはじめに聞いたのは誰か
——その時
女は　傷ついた大輪の花のように
路上を美しく飾ってたおれていた
言葉はなく　赤い粘液が
つめたいペーブメントにしみていった
吸いよせられる砂金のように

ひとびとの黒い目がむらがっていった

男は　口笛を吹いていた
カンパニーの扉に手をかけた時に
並木の枝々にはためいていく
救急車のサイレンをたしかに聞いた
だが　波立つ予感はなかった
きょうも　日課のように
満ちたりた夕ぐれのかなたから
妻の優しい笑顔が運ばれてくるだろう

きょうの喜びがあすにつながれていると
誰が約束してくれるだろう
張り渡された一本の綱は
いつか　どこかで断ち切られるためにある
ひとびとの平凡な日々の背後で
だれかの幸福を呪っている心があり
だれかの不幸を計算している目がある

近況

黒い　流れ　に　寸断された　鉄くず　の街　石炭を満載した　機帆船　の舳先

に　重油を滲ませた　硬い波紋　が蛇行
する　煙突の　影を呑んだ　薄墨色　の
風景　を　断つ　植物　のような　老船
頭　の鼻先　に　きょう　の　糧を求め
る　腥い　体温　がある　川底のように
光に　飢えている都会　の朝　静寂　に
堪えている　針金　のような　危懼　の
絶頂　で　騒音　を内臓した　一日　が
がらがら　と音立てて　崩れる

粗い歯ブラシの感触と冷たい洗面器の朝
軌道に執着したおれの習性がよみがえる
蛆虫の悪感を湛えた蠢きに
心中をせまる激しいダッシュ
並木が笑って通り過ぎるおれの狂態は

ガラス窓に磔された昆虫標本の悲哀だ
——おれは身構える
ドアに向かって突進する瞬間を憧れる
それは降下の順番を待つ落下傘兵の焦燥だ
けれども
青空の無限は信じない
おれの落ちてゆく黒点は予約されているの
だから

赤煉瓦
青銅の丸屋根に象徴された六法全書と法服
の世界
この巨大な暗がりの一偶に巣喰って
とてつもないカルテを作る職人がおれだ
おれのために一台のタイプがある

一つの椅子がある
法廷という殺風景な舞台に集約された現実
で
腹話術を知らないおれは
裏方のような唖の役者だ
おれの耳がかれらの口許に凍結する　とき
おれの手がかれらの言葉を貪る　とき
〝神よ〟ともいわないで涙ぐむ老婆
金バッヂを看板にした愚鈍な代辯者たち
おれの非情は振子を追つてゆく黒いキイだ
handsome な bartender のシェエカァを振
る手つきは
あれは巧みなオーケストラの指揮者
おれのいらだちを誘惑する虹のタクト
おれの狂気が唱和してゆく
高く高く
疲れに孤独をぶちこんだ苦汁のカクテル
に透かして
遠い女への想いが疼く夜は
Jazzで洗脳して眠るがいい
街路にネオンを流して去った驟雨に
おれの一張羅の青春がびしょ濡れだ

夕映

街には……
高架線の合間合間に
押黙ってうなだれた空がある
幾筋もの流れの上に嘔吐を誘う灰色の鈍重
　な広がりがある
屋根に窓に物干に露路に犬に
ひそひそと降りつむ夕暮れがある

対岸のレストランの窓ガラスに
西の空は大きく裂けていった
真赤な傷口に裏切りの色をみなぎらせて
永遠に失われようというきょうの忿怒は
空に続く地の果に放火を試みている
いま炎となってたぎりたつ朝の末路は
残酷な受難の美しさだ
枯木のように冷たく触れあう時間たちの中
　に
こんなにも尊い一瞬があるのだろうか
風景が風景を抹殺している世界……

ひとは祈りを忘れてはいないだろう
ひとは愛の本能で強く呼びあうだろう
ひとは絶望にいっそう深く憧れるだろう
わたしの願いは

ちっぽけな水差の底に乾ききった砂漠の思
想を
この輝きで染めぬくことだ

打ちおろされた
出発の青い合図
スタートラインにいきりたつ競馬馬のよう
に

疲労した時間を空の鞄に詰めこんで
群衆は交叉点にひしめきあう
舗道となく車道となく
ハンディキャップレースの轍が黒いコース
を描いてゆく
都会の背後に
鳥肌だった虚飾の夜が義足を震わせてやっ
てくる

走る老婆

老婆は走っている
たるんだ黄土色の皮膚に

貧しい歴史の足跡をきざみ
汗にまみれ　黒い歯並をのぞかせて

老婆は走っている
憑かれたけもののように
はげしい息遣いで
ひたすらなまなざしで

風にむかって絶叫しているのは
赤旗
陽炎のようにゆらいでいるのは
労働歌
躍動する意志のスクラム
倦んだ午後の街角を
熱風のように憤りがとおりすぎる
飢えたプラカードがてんでに叫んでいる

武装した黒い隊列

と
白いはちまき
の
怒号の浸蝕がくりかえされる
いきりたつ群衆を見おろしているビルの窓
　には
ひややかな観客の目が並んでいる
悲しい距りが測られている

老婆は溺れている
上気したうねりのなかに
たくましい腕と腕にささえられながら
老婆は舞っている
枯葉よりも脆い風情で
老婆は

喪章のように
残酷な一点……

ふしぎな
日本
の冬の
風景

どこかで誰かが見つめている
だれかが考えている
だれかが傷つき
だれかが泣き
だれかが哄笑する

日本のくらがりにひそむ

無数の目が　頭脳が　声が
老婆を狂気のように走らせている
もっと大きな暗闇がかくされている

ものいわぬ厳しい姿勢で
老婆はもとめている
あすの糧を確実に約束してくれる日々
ふたたび戦火を見ることのないふるさと
言葉が築くどのような幸福よりも
文字に踊るどのような平和よりも
強く　はげしく
肌にふれ　心にせまる
真実がほしい

老婆の目はなにも見てはいない

うちつづく赤旗の流れも
夕陽に映えるショーウィンドーも
無言でせまる警棒の影も

老婆はただ走っているだけだ

破れんばかりの心臓をかかえて
暗い日本の谷間づたいに
しあわせへの遠い道程《みちのり》を
老婆は
走りつづけている

繋がれた青春《きみら》に

きみらは鍬をふるう
きみらはボールを追う
きみらは歌をうたう
あかるい光の下
そろいのユニホームに

汗ばむ青い体臭をつつんで

風は　さざめきあう樹木の間をぬけ
カンナやダリアの咲きみだれる庭に
やわらかい蜻蛉の影がかすめる空に

海のように満ちてくる
季節よ
秋――

けれども　ここは
多くの不幸が語られる場所なのだ
光のとどかない部屋が用意され
鉄格子の窓と
灰色の壁と
黒い鍵穴が
　ひややかに
きみらの夜をまちかまえる
きみらの背後から
無言の姿勢で
きみらを見つめる　一つの目は
きみらの血肉につながる
無数のひとびとの目だ
きみらを鞭うつ　一つの言葉は
きみらへの愛につながる
無数のひとびとの言葉だ

いつからか
きみらのこころに住みついて
きみらを狂わせた
呪わしい　ちっぽけな　武器を捨てよ
麻薬のように　きみらの幼い魂を犯した
黒い追憶をあらいおとせ
きみらの胸に　勲章のように飾られた
すべての悪を葬るのだ

もし
きみらの耳に
あの叫びがきこえるなら
〈きみの鼓動がおののくことはないか〉
もし
きみらの目に
あの涙が見えるなら
〈きみの瞳孔にあふれるものはないか〉

皮膚にしみついた刺青のような
あのいまわしい過去を黙殺し
きみらの勇気は
新らしい未来に生きることができるのだ
一つの　はかり知れない真実を
いまこそ
きみらは知れ
ひとは誰からも愛されなければならない
ゆえに
ひとは誰をも愛するのだ

――神奈川少年院をたずねて――

少年たち抄

Ⅰ

礼拝堂に通う少年
トランペットを吹く少年
グラウンドを駆ける少年
ベッドに埋もれた少年
地下道に眠る少年
ぼくらの周囲には
無数の少年たちがいる

少年たちは
希望の数ほど
不安の数ほど
憎悪の数ほど
ぼくらの周囲にいる

Ⅱ

そのまなざしは　蒼く
北欧の湖のように澄んでいても
そのこころは　はげしく
南極に狂うブリザードのような
少年たち

その肉体は　柔かく

未完成のブロンズであっても
その皮膚は　鋭く
血と肉の祭りを知っている
少年たち

Ⅲ

少年たちは
あざやかに染まる
リトマス試験紙

少年たちは
さまざまなモチーフをもとめる
けがれないカンバス

少年たちは
自在にかわる
水の習性

少年たちは
試されるために
描かれるために
流れるために
生きている

Ⅳ

少年たちの目には
未知の都市やあこがれの街路が
極彩色の蜃気楼となって見える

少年たちの目には

すべての目的地が
すぐそこに見える
だから
少年たちは
歩くことを知らない

V

少年たちは
掌をはなれた
風船
風にちぎれた
凧
錨のない
船

少年たちは
いつも季節風に呼びかけている
かわりやすい
青空だ

VI

少年たちは
嵐のなかをゆく帆船のようだ
純白の帆をはって
旗を　高く　マストにかかげて
海図に無限の夢を追って
空とたたかい

海とたたかい
時間とたたかい
自分とたたかい
おもいっきり翻弄される

少年たちは
遭難の悲壮なイメージだけが
ユニホームの下に疼いている
初航海の練習生たちのようだ

詩または詩人の効用

詩について、人々はいろいろな角度からそれを定義づけようとしている。現代の詩壇的偶像の一人であるT・S・エリオットは、詩の定義の歴史について「曖昧と誤謬の歴史」であると指摘した。たしかに、方法論のいくつかは別として、詩の本質を語ることばのなかに、ぼくらを説得し、抱擁してくれることばにはついぞ出会ったことがない。それはいつの場合でも、出来の悪い子供について語る母親の口調で、困惑した面持ちで、その小さなエピソードを教えてくれるに過ぎない。また、ぼく自身をふりかえるとき、多くの機会に詩を語りながら、さまざまな自己矛盾を暴露している場合が少なくない。

詩とは何だろう。現実に詩を書きつづけているなかで、多くの詩人がもとめている永遠のモチーフが、詩のカテゴリーについてなのだから、この愛すべき放蕩息子の行動半径を限ることはむつかしい。ことに現代における価値基準の分裂のなかにあって、詩とは、ぼくらにどのような投影をもつものを指すのだろうか、その正体を人々はかたくなに避けながら、それでいて詩から遠のくことができないのだ。悪女への執念のように、詩とはまさに一つの執念かもしれない。

いつか、美術専攻の若い前衛たちと、作品の完成にいたるプロセスをめぐって、はげしい議論をしたことがあった。あちこちの画廊で、あるいは展覧会で「作品X」「コンポジション」などと題されたアブストラクト作品を前に、ぼくらが戸惑いを感じるのは、もう不自然でもなんでもない。前衛と称する連中の作品を眺める時の、ごくありふれたポーズでしかないのだ。その厚い絵具の下にぬりこめられたドグマに、ぼくはいらだちを感じる。どのようなジャンルであれ、作者と観賞者（読者）のつながりがそのように冷淡であっていいものだろうか。ぼくは大胆に、かれらに挑戦し、そして、失望した。かれらにとって、作品は私生児のように愛情のもてない果実なのだろうか。衝動そのものが作品のすべてだといい、説明はいつの場合も不要だという。

この不遜。わかるわからないは観賞者の勝手な感情だとも言いかねない勢いだ。たしかに、そこに一理は認めるとしても、それはあまりにコミュニケーションを無視した自慰そのものではないか。こういうグループの主張が、現代画家の共通の基盤だとは考えない。しかし、なにかヌーベル・バーグと呼ばれる現代の風潮につながる芸術家意識が、そこにも現われているような気がしてならない。これが現代の作家のモラルであっていいものか。

詩の場合も、そのあたりから多くの問題が提起され、検討される必要があるだろう。

ぼくの場合、詩的衝動とは、あの蕁麻疹が出てくる時のいらだたしい症状に似ている。それはなんとも説明のできない痛痒感なのだ。一篇の詩が計算どおりに原稿用紙に納まることはまれである。ある段階において、そのような意識的な操作があるとしても、たいていの場合は、なんとなくペンに執着しているうちにできあがる。この場合のプロセスは説明しようがない。詩人を新興宗教の信者のように、あるいは、麻薬患者のように考える人があっても、あながち否定はできない。

詩をもとめる人間にとって、詩はそれに似た得体の知れない魔力を持っているからだ。詩は一面、嗜好品の役割をもっている。指先にしみついた煙草の匂いのように、なつかしく、こころよいものであるからだ。ぼくはときたま、他人のもとめによって一篇の詩をものにすることがある。けれども、それらの作品のなかには、きまって、いたずらな叫びをあげている道化の自分を見る。上役に対する不服な感情を押さえつける時のあの気持ちだ。

詩はぼくにとって崇高なものではない。怒りに似た、願望に似た、ぼくのその時その時の表情なのだ。しかし、詩は自慰のための手段にとどまってはならないとぼくは思う。人間としての連帯のなかから、なにものかに呼びかけ、なにものかを目覚めさす機能を失ってはいけないからだ。政治にもはたせない、道徳にもはたせない、人間の精神の飢えや貧しさを救うものがあるとしたら、それはやはり詩（文学）でなければならない。だから、詩人はいつの場合も受難者の立場で、時代や人間について語らなければならない。詩人の発言だけが、その時代のもっとも生々しい傷口なのだから……。

III

ガラスの部屋

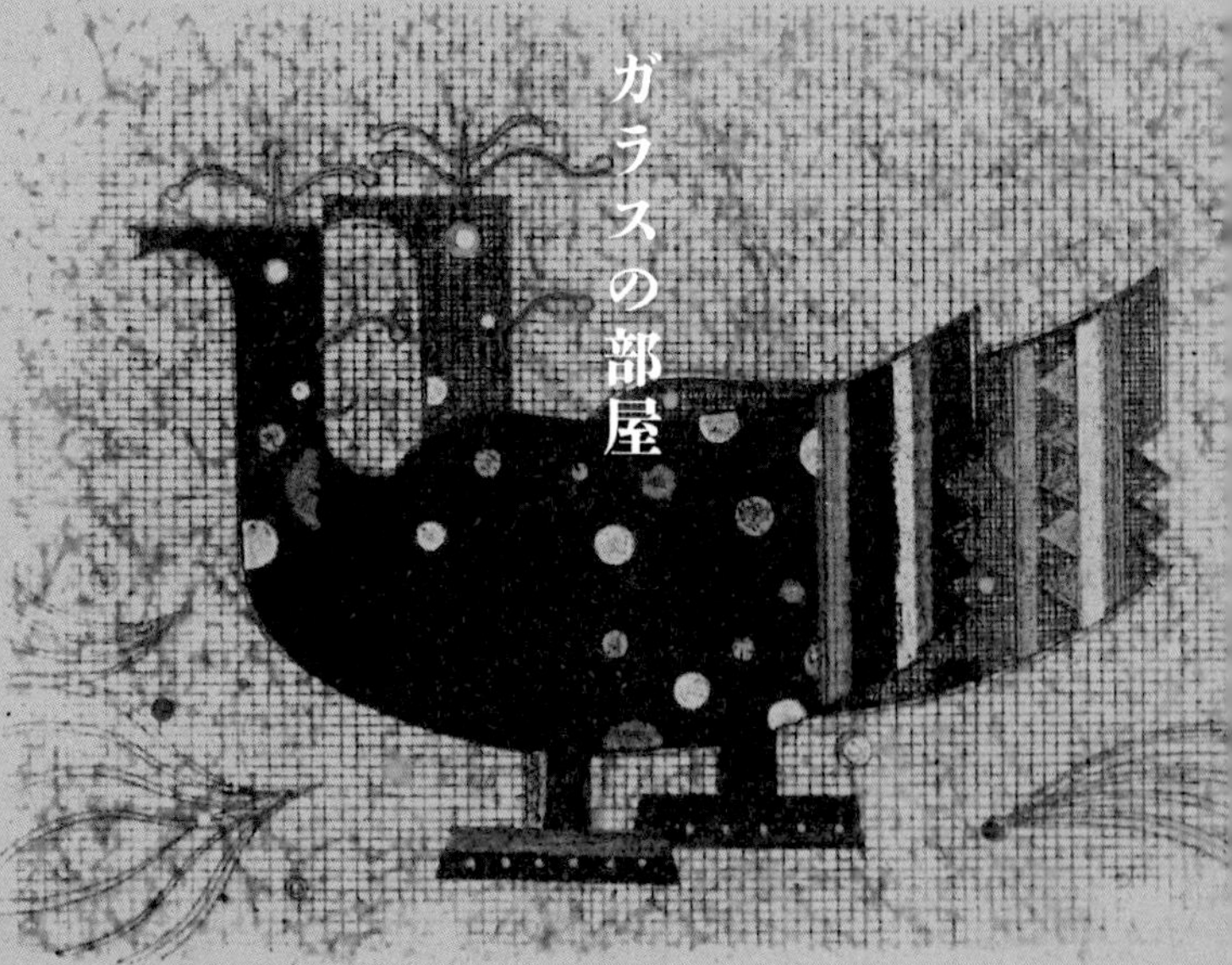

〈デュエット〉　大場正男

街角

〈少女Tの想い出〉

狂気するドラムのように……
しだいに高鳴ってゆく季節の谷間
ビルとビルとがもつれあっている
停車場のような寂しい街角
気まぐれな　都会の俄雨に誘《いざな》われて
おまえと僕の邂合に
はじめての会話が生まれたのだ

僕のメランコリーは
ずぶ濡れの上衣《コート》の襟を立て
いきりたつ孤独を両手に握りしめて

気ぜわしく地下鉄の階段をかけあがってい
　った
退屈していた夜の街が、
僕の気配にふりかえると
群狼のように素早く僕を取り囲んだ
喧噪に話しかけてくる不気味な男たち
虹色の媚を妖しくふりむけてくる女たち
派手な誘惑に目が眩んでしまった僕の耳許
　に
そのとき稲妻のように
おまえの柔い天使の呼びかけが響いていた

スパークに輝く赤い洋傘の蔭に
少女らしく花やいでいたおまえの横顔は
激しく僕の郷愁をゆさぶった
さしかけられた傘の奇蹟が
愛に飢えていたぼくの胸底に
ひたひたと熱い波紋を彩っていった

僕らは　いくどか
肩を並べ
熱帯魚の軽やかさで雑踏を歩いた

Jazz　映画　公園　並木　河畔……
おまえのときおり見せる女の仕草が
僕の目に陽炎となってたぎる
〈ミラボー〉
僕らの最後の夜を飾るにふさわしい小さな
店
おまえの不信の眸《まなざし》を背に浴びて
僕は立ちあがった
ボヘミアンの僕に新しい街角が待っている
アディユー　少女　Tよ

冬の貌

〈凪よ
剃刀のように街路樹を吹きぬけ
石の鋪道につめたく舞いおりる
季節の無法者
おまえの行く手
あの冬枯れた並木道のあたりに
失意の男を見かけなかったか〉

窓々からはなたれた風船のように
いま　おれの視野から飛びたっていく
すべての思考
　すべての言葉
　すべての色彩
風景は一つしかない
にごった水槽のように区切られている冬空
そのずっしりとした灰色の量感が
おれの両肩をとらえてはなさない
にんげんの裸像に似た
枯木たちの黒いモノローグが
どこまでもおれについてくる

〈凪よ
おれの悲哀をとおりぬけて
どこへいく

おれのたどりつくことのないどこかに
色彩のあふれる町や村があり
娘たちの歌っているテラスがあり
おれの喜びが繋がれている窓があり……〉

羽根のようにとおり過ぎていく
街角で
おれに笑いかけてくるのは
きまって
唇のかわいた女や
パンチくずれの顔をもつ若者たちだ
凍っている街の背後に　きょうも
貼絵の太陽が沈んでいく

ひとびとは
さまざまな秘密のうえに
さまざまな装いをこらし

黒い人《エトランゼ》

季節は　街にあふれている
女たちの肌を彩る　赤　黄　青
さまざまな原色の洪水となって。
けれども　ぼくのこころに

ひややかなパレットナイフの閃めきがある
ので　風景はあざやかに抉りとられて
いま　ひとりの若者の憂鬱が
ぼくの世界をおおう。
黒い皮膚にかなしみをうけとめて
首うなだれたニグロの青春が
ひとびとの好奇の視線に泳いでいる。

そのひとの歩みは
鞭うたれる牡牛のあえぎに似ている
うすよごれたハンチングのかげに
傷ついた動物のまなざしをかくして
ぶらさがった両手は
夕暮れの起重機《クレイン》のように淋しい
長い鈍重な足で

不吉なイメージをひきずりながら
ひとびとのあかるい想念をうばって
風景をかきみだしている
黒い人。

無気味な沈黙がきみをとりまいている
のに　きみの内部は
かわいた声で充満している。

どこかに
きみの肩をやさしくたたく掌がある
きみの顔にほほえみかける唇がある
きみの疼きにこたえてくれるやすらぎがあ
る
ぼくの希いは

とぎれとぎれに成長していく
あらゆる地図の上から
国境線が消えてしまえばいいのだ。
ひとびとのよろこびが

かなしみが　ひとつの色に染まればいい。
そして　きみの背景には
とうもろこし畑の土の匂いがふさわしい。

蝶の記憶

季節は
美しい破局をえがいて
暗転する

色彩が燃えつきて
匂いが凍りついて

透明な世界のなかで
蝶よ
おまえのために
短い生命を見つめる時間が
ひっそりと用意されている

蝕まれたトルソーを
愛撫するように
おのれの　醜い裸形を怖れ
傷ついた過去をかくして
おまえは　ひとり
うずくまる
いま
失われようとする記憶のはてに

メルヘン
〈夜〉について

貴婦人の夜会服のために
　　夜はあるのです

遺言のようにこびりついている
ひとつの幻覚
まばゆく緑がゆれている真昼
めくるめく太陽へのあこがれが
しきりに
おまえの胸を灼く

おんなたちの白いうなじと
宝石の輝きのために……

子供たちの知らなかった時代
　　　　　ずっといぜんから
夜は神秘の王冠を眼深くかぶって
柔い黒豹のマントを羽織ってやってきまし
た
夕暮れという美少年の道案内で
静かに
満潮のような確かさでやってきました
ひとびとの記憶の扉を開いて
夜はさりげなく入ってゆきました
時に
夜は悪魔の凶暴さで愛を求め
処女のはじらいを隠していました
　　　　　　　　　　けれども
だれひとりだって
夜の正体を把えて見たことはありません
ひとびとは虜になった時に
はじめて夜の力に気がつきました

公園の夜は
星座のように花やいだavecの背後に微笑
　をたたえ
噴水のしぶきに輝いて
ベンチに踞った浮浪者の空腹を
新聞紙のようにすかして見ていました
ある時
夜は全身が耳でした
どんな小さな願いごとにも耳を傾け
内気な男の恋をひそかに祈ってやりました
哀歌は残らず聞いていました

夜は巨きな鏡です　その前で
ひとびとの偽善は
虹のアクセサリーなのです
外人墓地の鉄柵には
遠い異国の夜がまぎれこんでいました
薔薇に似た思い出とレモンの香りに満ちた
青いベレーの夜です
街には森のような安息を
樹にはとりわけ大きい影を
甃には新鮮な冷気を
子供には眠りを　少女には夢を
わたしには美しい悶えを……
明日の太陽といっしょに約束してくれたのも
夜でした

てのひら

土にも油にも犯されたことのないてのひら
札束のしみや義理の重みを知らないてのひら
ゴムマリのようにはずんでいるてのひら

はてしない夢がわく純白の画用紙に
いろとりどりのクレヨンをにぎって
黒い太陽を　赤い鳥を　黄色い旗を
あるいは　首の長いおかあさんを自由に描く
こどもたちの　小さなてのひら。

ハンカチのようなちっぽけなかなしみが
紙切れのような秘密とともにかくされているてのひら
牧草地のようにやわらかいてのひら
リトマス試験紙のように敏感なてのひら
ばらいろの未来をひきよせるやさしい熊手

手鏡の中のくるくるかわる表情のように
いつもなにかをたしかめているてのひら
少女たちの　汗ばんでいるてのひら。

晴れた初冬の空にかざせば
枯葉のように静脈が映っているてのひら
鍬の重みを北風のつめたさをわすれたてのひら
電車の吊皮の光沢をわすれたてのひら
獲物を見失ってしまった猟師のように
夕焼けの空ばかりを見つめている
淋しいてのひら
老人たちの　かわいたてのひら。

ガラスの部屋

破局は
突然舞いこんでくる黒枠の葉書のように
さりげなく　ぼくらの日課を襲う
忘れられていた季節のなかで
悪の種子は見事に成長していた
かれは
なんのためらいもなく
ぼくの背後にしのびよる
そして　ぼくのねむる
透明なガラスの部屋に
強烈な一撃をくわえたのだ
無残に飛び散ったガラスの破片は

鋭い　無数の牙となって
ぼくを狙う
つめたい銃口のまなざしで……

追いつめられたけもののように
ぼくの通路はどこにもない
だが
たった一つの方法が残されている
くだかれたガラスの破片は
傷つくことを怖れながら
用心ぶかく
はきよせなければならないのだ

ひきさかれた夢をぬいあわせるように
悪戯《いたずら》にほほえむ悪の芽は
非情な手で
摘みとらなければならない
ふたたび
ぼくの眠りをさまたげないために
それが　ぼくが生きつづける
ただ一つの掟だ

奈　落

奈落は　くらい
昼でも　くらい
はなやかな廻り舞台の下で
くもの巣のかかった未来をだいて
もぐらのようにうろつくおれたち
おれたちは見えない観客を知っている
きらびやかに装おって
笑い
拍手する
無責任なひとたちを知っている
けれども
かれらはおれたちを知らない

おれたちが汗みどろでささえる舞台の
スターの表情にだけ見とれて
裏をのぞくことを知らないからだ
いや　知ろうとしないからだ
奈落の
かびくさい　ほこりっぽい
迷路のような世界を

かれらの頭上にぶちまけてやろう
その新調の背広のうえに
そのうわついたこころのうえに
おれたちの
煤煙のように黒い
ふんまんを

待合室

ここは吹きだまり
疲れた男たちが
枯葉のようにあつまってくる場所

行先もなく　目的もない
灰色の服装をした人生の旅行者たちが
かわいたからだをよこたえ

しずかに
不幸について考えるとき
孤独な胸のなかに
はてしない旅の地図をひろげて
遠くの土地をおもうとき
風にちぎられた紙屑のように
男たちの所在ないモノローグが
海底のしじまとなってただよっている
誘蛾灯をしたう虫たちのように
着飾ったひとびとが

どこからともなく　あらわれ
汽笛のなかに消えてゆく
黒い　おおきな　予感にふるえて
闇を見つめている信号機
きょうも
かぞえきれない哀歓をのせて
よろめく一日の幻覚のように
夜汽車が鉄橋をとおる
時刻だ

死について

くさむらのなかや　川岸で
腐爛した動物の死体に出会うことがある
瞬間　ぼくらが足をとめ　息をのむのは
なぜだろう
捨てられた犬や猫を憐れむためではない
そこに一個の死がよこたわっているからだ
銀蝿の不吉な羽音が
死の意味をおしえてくれるからだ

突然　ぼくらをおとずれる
肉親や親しいひとびととの死は
かなしみをわすれさせ
おおきな風洞のなかにぼくらを誘う
はかり知れない空白でぼくらをつつむ
たちきられた吊橋のように
鎖のないブランコのように
ぼくらはそのひととの距離を見失ってしま
う

死は　ぼくの内部に用意されている
一枚の白いハンカチのように
いつ　どこで　ぼくをもとめてくるかわか
らない
けれども　ぼくにとって死はとおい幻想だ

かすかにきこえるピアニシモかも知れない
ある日　不意にぼくの視野をうばって

生々しい死が襲ってきたとしても
ぼくはそいつを信じないだろう

真夜中のマヌカン

真夜中は
疲れたひとびとの臓腑の匂いに満ちている。
街は
埋没した古代都市のように
沈まりかえって
樹木たちも眠り　悪人たちも眠り
広場に　ひとり
時計台だけがまばたきをくりかえしている。

そんな時刻だ。
しずかに異教の世界の幕があがるのは。
ショーウインドーは音もなくくずれ
マヌカンたちのつめたい石膏の肌に
みどり色の血管がよみがえる。
彼女たちのさんざめきは
霧のように街路にあふれ
そのやさしいきぬずれが

ひとびとの夢を手織ってゆく。
だれにも見せない微笑で
だれにも聞かせない声で
しなやかな指で。
だが　神秘の舞踏会は
朝のおとずれをまたないで
星のように消えてゆく。
傷ついたひとりの天使は
ほこりっぽい物置の片隅に。
ブロンドの少女たちは
レディメイドの売り場に。
やがて　なにごともなかったように
夜があける。

火山

よる。
くらい山肌の内側にうずまいている
炎の　いきどおりが
眠っている海をわたって
街のうえに
灰を降らす。

灰は　無言で
ひとびとの生活《くらし》のなかにおりてくる
ある時は　黒い雨となって
やりばのない孤独で
ビルや街路樹をぬらし
少女たちの純白の晴着を犯した。

火山は
こみあげてくる嘔き気を
どうしようもないから
怒りにくるう七面鳥のように
たえず　身ぶるいしながら
天を見つめているのだ。

工事人夫のうた

黄色いヘルメットをまぶかくかぶり
巨大なクレーンの下に立つ時
君らは

鉄片のようにつめたい点景となる
いろとりどりの街の会話が
君らの周囲から

ひき潮のように遠のいてゆく
工事場は
街のなかの戦場だ
一日　こきざみにふるえる足場の上に
鳥肌だつ貧しい生活《くらし》をささえる
君らの背後に
あたらしい都会の貌が刻まれている
君らの汗ばむ時間のなかで
地図は日毎にぬりかえられ
街は　いたるところ
君らの無名の筋肉で埋めつくされる

工事場が夕陽にうかぶころ
川岸の暖簾が君らを待っている
ふりつもった一日の疲れを
一杯の焼酎にとかして
祈りのように飲んだあと
君らは　くらい灯の下で
眠りに溺れてゆくばかりだ
あすも
コンクリートミキサーの合唱が
君らの一日を工事場に誘うことだろう

顔

ひとつの顔をさがすために
何十何百という顔を眺めてきたことだろう
ひげのある顔　のっぺり顔
少女の顔　中年男の顔
はずんだ顔　しずんだ顔
顔たちは蟻のようにあわただしく
ぶつかりあいながら
ベルトの上の缶詰のように
先をあらそっている

どこへ？
その無数の目は
広告のみだれ咲く通路に
見えない時間を追いかけ　追いかけ
秘密なおもいで
スーツケースを重くしながら
ハンドバッグをしっかり握りしめながら
まるで　落下傘兵のように
開札口からとびだしてゆくのだ

ぼくのさがしていたのは
一体　誰の顔だったのだろう
洪水のようにうずまく顔のなかに
ぼくのもとめるひとつの顔があるなんて

シンデレラの奇蹟みたいだ
けれども　その顔は
かならずぼくの前におしだされてくる
広場で　街角で　駅頭で
体温と体温のふしぎな磁力にあやつられて
顔の奇蹟はいつもくりかえされている

ボクサー

おれは
最後のゴングを待ちつづける
ボクサー
おれのボディは
乱打されるドラムのようにふるえ
執念ぶかいパンチから脱れようと
コーナーをさまよっている
死を前に福音をもとめる
あの不徳な信者のように
ひたすらなおもいで
おれはゴングだけに耳をすます
このたぎりたつ時間のなかの
つめたい恐怖がとおりすぎればいいのだ
泡立つおれの視界に

ひきつれた観衆の熱狂が
潮騒のようにくりかえされる
おれは　やがて
しみだらけのマットの上に
溺死者のようにのめりこみ
すべてを失ってしまうだろう
ギャラも
ランキングも
だが　ボクサーであることを忘れる
つかの間のよろこびが
血に汚れたおれのグローブに
帰ってくるにちがいない

めらんこりい

街は
鏡に映る風景のように
いつも　浮気だ
街は
ぼくの背後で
笑ったりささやいたりしている
街は
七色の媚をたくみにちらつかせながら

きまって　ぼくを拒絶する
この街に住んでいる
気まぐれな憐人たちと
どうしても　ぼくは親しくなれない
いっせいに手をひらいて
ぼくを手まねきするかとおもうと
ふいに　おしだまって
そっぽを向いてしまうから
ぼくは　飢えた小犬のように　たえず
孤独な尻尾をふっている

ぼくのこころは
灰色の夢をだいて
かわいた裏町を歩いている
だれにも気づかれず
独りごとに耳をかたむけながら
ひとりで歩いている
石ころをけりながら
空をあおぎながら
きょうも　ひとりで歩いている

戯画

午後の法廷は
日やけしたカーテンのように
くすんだ風景だ
まるで　それは
間のぬけたあやつり人形芝居
主役のいない舞台稽古
退屈な登場人物を紹介しよう
定年を鼻先にぶらさげた裁判長は
さしずめ田舎寺のお住職
法服の下であぐらをかいて
六法全書を念仏のように諳《そら》んじている
若くてハンサムな陪席判事

かれはマージャン疲れで午睡《ひるね》の最中
時おり　解剖される蛙のように痙攣する
証言台では
パントマイムがつづいている
女の太股をおもいだしているのは
金バッヂとロイド眼鏡
検事は小姑の目つきで
ズボンの折目を気にしている
ところで　おれは観客ではいられない
ちっぽけな小道具のおれだが
涙ぐんでいる被害者の目の前で
穴があったら入りたい気持ちだ

いったい裁かれているのは誰なのだ
ひとり　提督の威厳をもつ廷吏さん

もう一ぺん黒板を見てきてください

現代詩の円周率——「絨緞」の同人たち——

私たちがこの時代に一つの同人詩誌を継続させてゆくということの難しさは、単に詩人の貧しい経済的な基盤を云々する問題にとどまらず、詩誌を支えているイデオロギーや社会的な背景にまで拡大される必要があるだろう。同人詩誌というものについての絶対的なカテゴリーというものは存在しないかも知れない。詩誌はその自らの歩みによって正しいカテゴリーを求めるべきだからである。しかし、無自覚無批判に近い自己満足の状態で乱立する（少なくとも外的にはそのような印象をしか与え得ない）多数の同人詩誌の現状を見ると、詩誌の存在について、明確な意識に立った権威ある証明力の必要を痛感するのである。もはや効用を無視した詩誌の運営などありえないはずだからである。現代詩の模索の状態に対して、いつまでも過渡的現象として黙認している詩人の応揚さは、旧時代の美徳とさえもいえない無気力な惰性というべきである。詩人は現代詩の位置に直視しよう。文学界における詩文学の貧困を厳しく自覚しなければならない。今日の詩壇に最も強く要望されているのは、現代詩における全体性の回復ということにつきるといっても過言ではない。同人詩誌の多くは、文学の主流から遠く、ややもすると家内工業的な排他性に支配された営みであるかの感がある。同人詩誌が詩人と称する人々のみにとっての対象であってはならない。広く読者を把えることにより、また同人詩誌相互の批判と理解によってこそ、これまでの仲間ぼめに終始するような排他性は矯正されるだろう。現代詩が社会的により強いアッピールを持つことによって統一的な発展が期待されるのである。そのためには、同人詩誌の存在が、独善や気まぐれの所産ではなく、自他共に許す権威あるカテゴリーを確立することによって、詩壇の明日へつながる正しい指針が約束されるのだ。こうした多角度の要求の上に今日多くの同人詩誌はその存在の意義を問われている。

以上に述べた序論風の発言を私の現代詩に対する一つの視角として「絨緞」同人たちの歩みに忌憚のないメスを入れてゆきたい。

×　×　×

最近、注目すべきアンソロジーとして「九州詩集（一九五七年）」が刊行されたが、そのボリュームある作品群は九州詩壇の意欲的な動勢を私たちの前に展開してくれた。私がいまここにとりあげる詩誌「絨緞」も九州詩壇を形成する有力な一翼として、優れた同人によって堅実な歩みを続けている同人詩誌の一つである。「絨緞」の同人たち……それは九州の南端宮崎県にあって郷土的な強い結束の中から、様々の視角で共に現代詩の本質に肉迫し、より完全な現代詩の円周率を求めている人々である。「九州詩集」の巻末〝九州の詩壇展望〟の中で同県の先輩詩人の一人である谷村博武氏が筆をとっている「絨緞」についての文章が私の不確かな発言よりも、このグループの座標を適確に示してくれるかも知れない。〈「絨緞」(一九五五年創刊)は三十代になったと思われる人々が「DON」から分離独立し、これにフランス文学の服部伸六を加えて発足した。服部伸六の思想性をもった現実批判、福島和男の生活抒情と諷刺性、平田英徳のリアルな現実批判などの反面、金丸桝一は観念性の強い抒情をめざし梅木嘉人は新しいリリシズムを求める作風である。……なおこの誌は編集技術の上にも新しい方向を開こうとしている。〉

いま私の手許にある九冊の「絨緞」のバックナンバーを順に追ってゆくと、この詩誌の出発から現在に至るプロセスが親しく感じられる。中堅詩人……この言葉が適切であるかどうか、「絨緞」は実力の平均した、いいかえると詩人として一家をなしつつある同人の集まりであることが伺われる。詩誌の全体的な特色としていえることは、エコールとしての強い主張はないが、各人が抒情性をバックボーンにしているという共通性ではないだろうか。かつて日向と呼ばれた国柄、数多くの神話伝説を秘めた歴史的な背景と、内地離れのした南国的な風土が人々に与えた天性なのか、宮崎県を代表しているこの詩人たちの作品には、明るいムードを湛えたリリックな作風が多いように思われる。私が「絨緞」を読んで得ただけの乏しい主観によって、同人諸氏の個人的な傾向や詩観について発言することはいくぶん独断のきらいがないでもないが、あえて限られた作品の上に私なりのスポットをあててゆきたいと思う。

福島和男氏は、現在の編集者であるが、作品においても多彩なレパートリーを展開している。近代人的な抒情の中に健康な諷刺の目が覗かれている。力作〈デルタへの郷愁〉は、少年期のファンタジックな記憶から導入されて、微妙な対象である〈デルタ〉への郷愁が波綻のない表現で盛りあげられている。非常なテクニシャンである反面、現実凝視も鋭い。梅木嘉人氏は、抒情のオーソドックスな系譜をたどっている詩人である。真の意味で純粋な抒情詩の書ける詩人というのは少ない。梅木氏にはそのせばめられた可能性を発掘してもらいたいものだ。氏の作品を通じて、特長のあるナイーブな口調が人柄を思わせる。連作〈裸婦〉に見られるようなモチーフに対する執擁な追求意欲の中から確実な飛躍が期待できる。平田英徳氏は、そのリアルな詩によって「絨緞」の中に特異な位置を保っている。社会批判に立ったモチーフの選択と、平明な表現に流れるヒユーマンな姿執は得難いものだ。〈退職官吏〉の切実な現実感、〈お前の亡くなった後に〉の父親としての悲しい独白は、卒直に私たちの胸にせまってくる。金丸桝一氏の作品は、厳しい意思と情熱で貫ぬかれている。手法的には一貫したところがないようにも感じられるのだが、対象に荒々しくぶつかってゆくそのファイトは快い。また彼は「絨緞」にあって本格的に詩論に取り組んでいる優れたエッセイストでもあるようだ。初期の「絨緞」に載せられたいくつかの詩論の中に、現代詩に向けられた彼の真摯な態度と広い視野が感じられる。富永厚志氏の〈そのような詩が書きたい〉は、宮沢賢治の「雨ニモマケズ」を思い出させた。たしかに詩人としてそのような詩が書けたら素晴らしい。手法としても美しくまとまってはいるが、あまりにも抽象的な定義の羅列で終ってはいないだろうか。〈そのような詩〉を自ら実験していって欲しいものだ。大森一郎氏は、典型的な抒情詩人である。その作品には多分に体質的な、デリケートな感情が流れている。それが彼の持つ魅力であり反面、植物的な弱さを暗示しているようでもある。抒情詩としては一つの完成度を持った作品であろう。田中長二郎氏の淡々として書かれた作品には、年齢的な重厚さが伺われる。〈サーカスについて〉など、難解さはどこにもなく、銅版画を思わせるタッチの中に、冷たく澄んだ詩人の目が感じられる。他の同人について、一、二の作品によってではあるが、抒情豊かなフランス詩の訳業や、海外文学界の紹介によって「絨緞」に新しい興味とヴァラエティをもたらした服部伸六氏、〈一葉の文学〉等の文学ノートでは本文学史の解説を試みている寺田鎮彦氏、共に詩誌「絨緞」にとってユニークな役割を演じている同人である。二、三触れていない同人もあるが、作品の上から見た同人展望を綴ってみた。

私たちがいくつかの同人詩誌を手にしてまずその詩誌を端的に印象づけられるのは装幀や編集技術に対する好悪の判断であることが多い。「絨緞」の編集面からの卒直な批判ということになると、多くの問題が残されていると思う。第一に、詩誌の体裁や編集方針に固定（むしろこの場合は安定というべきか）した一貫性、いわゆる「絨緞」らしさを発見することができない。それは創刊当時から編集者が度々変わっているということも一つの理由なのだろうが、そうだとしても編集者の個性や力量を示す企画もなければ、新しさもない。三十五頁の創刊号は五号に至って僅か八頁足らずの寂しいものになっている。また最近号と思われる九号になると、装禎はがらりと一変して内容的にも同人詩誌というよりは、総合的な文化雑誌といった感じでコマーシャルな色彩が強い。このような傾向の是非には問題があるとしても、「絨緞」の歩みに見られるこの変転は、一面から詩誌発行の経済的な苦労を垣間見ることにもなるだろう。その時その場の懐具合と編集方針によって気ままに出されてきたという見方も成り立つ、いわゆる「書ける」詩人をメンバーとしている「絨緞」にとって、自らの特色を強調できない消極的な従来の編集態度は、あきらかにマイナスだと思われるのである。同人の力量がフルに発揮できるような詩誌運営が、今後の「絨緞」に課せられた問題だということができるだろう。

九号以降の「絨緞」はどうなっているのであろうか。久しく私たちの目に触れていない。詩誌には、それぞれ他誌の同人には想像もできない内部事情があることだろうが、私は「絨緞」同人たちのひたすらな歩みに終末のないことを信じたい。新生面を切り開いて堂々と詩壇に濶歩する「絨緞」の未来に限りない期待を寄せてこの稿を終らせたい。

（註／この一文は、私が二十四歳の時の執筆（「火山帯」38号）である。その四年後に帰郷している私は、23号から「絨緞」同人として迎えられ、昭和三十七年の40号からは編集者となっている。その後「絨緞」は昭和五十一年五月発行の113号〈福島和男追悼特集号〉をもって廃刊となった。）

Ⅳ 風景のない風景画

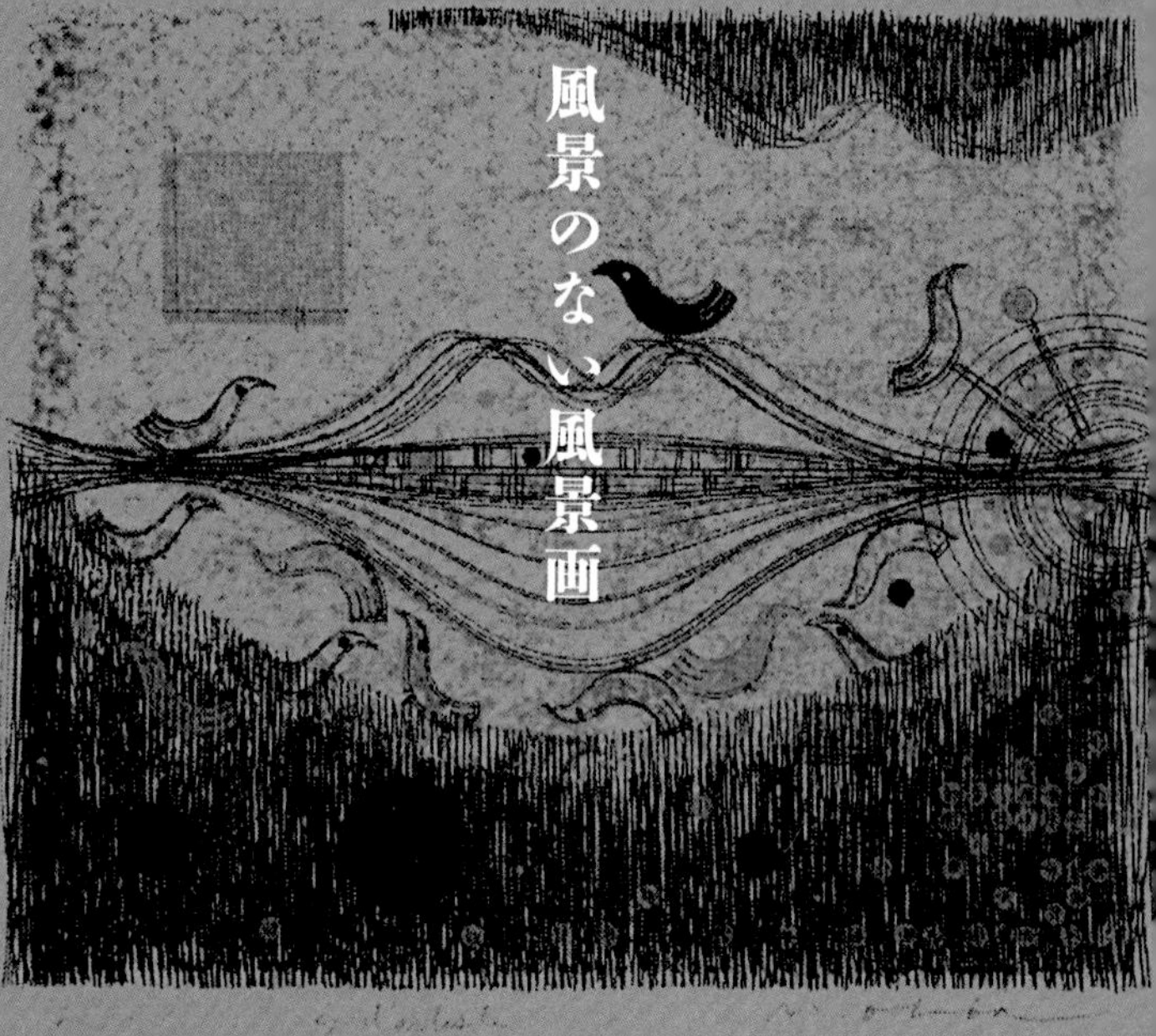

〈おしゃべり〉　大場正男

風景のない風景画

倦んだ六月の記憶は
折れてくちゃくちゃになった王様クレヨン。

黒ずんだアカシヤが
ほこりっぽい田舎道につらなっていた
異郷の日
白い花房に寄せた
子供たちのイメージは
もはや私のキャンバスに風景を誘って

はくれない

風がとだえ
雲が失われてから久しい
もう小鳥は歌をわすれてしまった
そして
私に残されたものは
額縁だけの空しい記憶。

朝

寝つきの悪い駄々っ児のように
心臓もはりさけんばかりに
夜どおし喚きたてたので
嵐は　ついに
天の一角を蹴破ってしまったのだろうか

けさみると
あの鉛色にくすんだ
壁のような雲層をまっ二つにひきさいて
半円形の蒼穹に
Arabia の海の碧さが流れこんでいた

ちいさな水泡の天使たちが
のこらず太陽と握手しているではないか
乱反射の橋を
めまぐるしく跳びあるいて
あたりはきんいろの喜悦に満ち満ちている
のだ

そしてまだあとからも
天上の花園がそよいでいるのか
いっせいに光の花粉をふり撒いてゆく
ぼくは足の踏み場に戸惑ってしまう

街

黄色い空から
襤褸が降ってくる
染色されてしまった　街路
に　もぞもぞと喘いでいるのは　人間
点に凝縮された並木の視角
　（鉱物の中の葉緑素の位置）

この頃　街には奇妙な風習があった
ペーヴメントにレンズをあてて
人は歩くと
いつ　どこで　どんな不幸に
必ずぶつかるのだから……

ショーウインドーの投影は
グロテスクな顔役《ボス》の哄笑だ

逆三角形にふくらんで
空を食いあらしている　街
その巨大な翳りの下で
砂金のように洗われている
人間どものひからびた　内臓
住人といわれたやつらは
ほんとうの空にさわったことがない
人工太陽をかざした手のひらに
緑色の血管とならんで映っているのは

夜のために築かれた　街
冬がくると　しきりに
パステルで画いた雪が降る

SEASON OFF

うらわかい寡婦《やもめ》の
喪服をまとったおもいでを
つめたく光る秋風のメスがきりひらく
またも　海辺に
寂寥の季節が舞いもどる
いつまでも動かないマヌカンの姿勢で
波止場の突端に立ちつくす
足の長い少年を見た
夏を失った若いこころに
航跡のみだれる海の地図がひろがっている
まだ生々しい傷口が白い飛沫にうずいてい
る
少年を
枯れたひまわりや
破れたガラス窓をふるわせて

風がわたっていくヨットハーバーの午後
忘れさられた女たちのように
疲れたよそおいで
コバルト色の追憶の中にうずくまるヨット
たち
水平線にくずれていった積乱雲のように

張りつめた帆が船底にずりおちて
若い体臭がたくましくローリングする夏は
死んでしまった
ショートパンツの浮気な夏は
都会の　秋の並木路に去った

たそがれ

水上生活者のまずしい干物のうえに
舟べりにあそぶ子供たちの
黒ずんだ皮膚のうえに
葡萄酒色の

夕ぐれの波紋がひろがっていく
錆ついたクレーンの対話が
鉛色にむしばんでしまった空に
旗も　風船も　小鳥たちも

美しかった背景を見失った
いつも　不幸なものがたりが住んでいる
かわいた街
トタン屋根の風景よ

腐爛した猫の死体をもてあそんでいる
よどんだながれが　ときおり
あたらしい海の匂いをつたえてくれる
秋刀魚を焼くけむりがひくくただよう

七月〈YOKOHAMA〉

街路樹の濃淡を鮮かに浮彫りして

たそがれの　木橋を
老いた父親が帰っていく　若い夫が帰って
　いく
執念のようにまつわりつく
疲れた長い影をひきずりながら……
灯のまたたきはじめた小さな窓に
冬空のようにひろがる家計簿をだいて
空白の一日をささやかにみたす
かなしい愛の習性が待っている

雨期が　北へ遠ざかってゆくと

エトランジェの豊かな白い肌に
眩しく原色の夏がひるがえる

湿った銅鑼が再び岸壁に乱打される　夏
若い鷗の羽搏きが泡立つ航跡に躍る　夏
水夫たちの胴間声が檣をかけあがる　夏
外人墓地の石の十字架に
蒼い　地中海の風貌がよみがえる
キプロスの光の空が舞いおりる
錨に　未練のない季節

ニッポンの夏
七月のヨコハマ

並木について

天をあおいだ哀願のぽおずで
老囚のように黙々とつづいている
海の匂いのする並木路をたどりながら
ぼくはなぜかうしろをふりかえろうとする。

背後におき忘れてきた風景の裏側から

遠いひとびとの呼びかけが聞こえるのだ
枯木の姿勢で風雪を耐えたひとびとの足跡
が
ぼくの前景にすかし絵のように拡がってい
る。
いま　ためらいの中に谺してゆく不協和音
は
厳しい予感に身もだえする風の音かも知れ

岸壁について

港は郷愁のはきだめである

ぬ
記憶をゆりおこしてゆく波の音かも知れぬ。
ぼくは急いでひとりの部屋に帰ろう　そし
て
植物図鑑の退屈した余白にしるすのだ
きょう街角で見た枯木たちの哀しい習性に
ついて。

かぞえきれないテープで染まった波の色に

わかい異邦人の感傷が泡だち
鷗の孤影が赤茶けた浮標をかすめてゆく。
潮風と油の匂いにむせかえる日溜りには
おもい日課を両肩にくいいらせながら
波上場人足のみだらな視線が
女たちの　濶歩する原色の裾にまつわりつ
く。
別離の言葉に不感症になったタラップに近

づくと
ひとは　なぜ　悲しみをよそうのだろうか。
娼婦のような仕草でハンケチをさがすのだ
ろうか。
いつか　遠い　記憶の岸壁に
純白な船姿を憧れていたぼくの少年期の溺
死体が
いま　ぎらついた重油の波間に漂っている。

風景について

街は　洞穴をぬけだしてきた退屈な動物た
　ちでいっぱいだ
極彩色の看板がひしめきあって
蒼い星空をかくしている
樹も水も石も炎の色につめたく燃えている
顔も手も足も原色のしぶきに濡れている。

鍵盤《キイ》のように余韻を孕んでつづく石畳の
非情な配列のうえを
今宵　つかの間の喜びがあふれ
泥濘《でいねい》の倦怠がよどみ　尖塔の孤独が流れ
空腹が音をたててふれあうのだ。

貧しさは
電柱のかげに襤褸のようにうずくまる
ひとびとの足音を窺う醜い習性をだいて
上目使いの女の髪につもった
埃ではない　白くひややかな不幸の感触。

季節風の町

港町では——
女たちはネッカチーフを被ると
みんな美しくエキゾチックに見えた。
マニキュアした陶器のような爪先を立てて
軍鶏《しゃも》のように気取ってメインストリートを
歩いた。
茶色く染めた髪型の下には不格好な頭蓋骨
があって
つぎはぎだらけの言葉が寂しい音をひびか
せていた。
それでも女たちは
銀貨のように顔を磨いて町にあふれた。

坂の町では——
男たちはマフラーの色合いでダンディを競
った。
みんな信者のように猫背で並木道を歩いて
いた。
露路を曲がると　素早く仮面《マスク》をすりかえて
未亡人のいる穴倉のBarに急いだ。
イージーオーダーの顔がスタンドに並ぶと
酒瓶のレッテルよりも見分けがつかなかっ
た。
紙幣と饒舌の代償に皿洗いの小娘の嘲笑を

あびて
星空の下で変色したカクテルのヘドを吐いた。

独房のうた

やがて
北風のはためく窓辺に
おれは新しい悲しみを繙《ひもと》いてうずくまる。
おまえの想い出に飾られて息絶えていった
空間
喪服をまとった夕闇が訪れようというのに
いつからか灯を忘れてしまった一つの部屋。
頬杖ついた孤影を
ようやく支えている色あせた壁
〈昔の。純白の生地はどこへ消えたのか〉
歳月が傷つけていったしみだらけの記憶に
子供たちが無邪気に投げつけた
スポンジボールの鮮かな縞模様が疼く。

病気のシャンソン

ぼくのあたまのなかで
シンバルをたたいているのは
どこの　だれだろう
ぼくのまぶたのおくで
花火をうちあげているのは
どこの　だれだろう
ぼくのはなのそこに
シャンペンをみたしているのは
どこの　だれだろう

ぼくのからだで
お祭りがはじまった
血管の路地から路地へ
楽隊がとおりすぎてゆく
胸のひろばで
あかあかと火が燃えている
子供たちのはずんだ声が
とおい窓からきこえてくる

〈恋〉について

幼ない日々が
賑やかに語らいあっている
水平線の
　　どこかで
青い太陽は見事に成熟していた
やがて
　　熱砂のように
激しいクーデターがぼくを見舞うだろう
美しい破滅の日は
　　必ずやってくるのだ

夏の日は
蒼い海底に
　　熱風を注ぎこむことだろう
その時
狂乱の太陽は
ぼくの胸に照準を合わせる
光のように確かな銃弾は
苛酷な眸《まなざし》でぼくを捉え
はやりたつ炎の中に
ぼくのすべてを
　　焼きつくすに違いない

母《ママ》の季節

――シャンソン風に

海に似て
広く
ゆたかなうねりで
わたしの胸に波うつのは
ママ
それは　あなたのことばです
いつも　いつも
かわらぬ愛で

空に似て
深く
はてしない青さに
わたしの悪戯《いたずら》を秘めるのは
ママ
それは　あなたのこころです
いつも　いつも
かわらぬ愛で

風に似て
やさしく

ほのかなかおりで
わたしの眠りを誘うのは
ママ

それは　あなたの微笑《ほほえみ》です
いつも　いつも
かわらぬ愛で

並木通りのファンタジア

並木通りで　出会った女
海の色したひとみして
たそがれ色した髪なびかせて
赤いベレーがよく似合う
霧の国からきたような女
それから　なにがあったっけ
それから　なにもありやしない

とぎれた夢は　そこまでさ

並木通りで　出会った女
黄色い表紙《カバー》の詩集を読んで
夏の想い出ひもといて
きれいな声がよくとおる
花の国からきたような女

それから　なにがあったっけ
それから　なにもありやしない
とぎれた夢は　そこまでさ

並木通りで　出会った女
かたみのように淋しいえくぼ
涙にぬれた横顔見せて
黒い喪服に花束だいて
星の国からきたような女

それから　なにがあったっけ
それから　なにもありやしない
とぎれた夢は　そこまでさ

裸足になって

裸足になって
波うちぎわを歩いてゆく
二月の海は
ぼくの体温を鞭うつはげしい拒絶だ
干からびたぼくの思考は
波にあらわれ　砂にまみれ
青い種子となり　海流にのって
少年たちのはずんだ会話のように

見知らぬ岸辺を目指している。

裸足になって
波うちぎわを歩いてゆく
二月の海は
ぼくの体重をうけとめるやさしい愛撫だ
幼年期は　爆音は
水平線に　遠い
乾いた風がある　蒼い空がある
怠惰な習慣のうえにかっと照りつける
きのうの　太陽がある。

裸足になって
波うちぎわを歩いてゆく
火口壁の危険な傾斜を踏みしめながら
ふいに　ぼくの目に海が重なる
空が重なる
ぼくのうえに　ぼくが重なり
地球の重みで　ぼくは身動きもできない
だが　二月の海は
なんて塩辛いあたたかさだろう。

まどろみ

夢のうえに　夢をかさね
みどりごはゆたかに育つもの
そのやわらかい瞼のうらに
彩られているきんいろの未来

精巧な玩具のように
天使のはばたきのように

無心に息づく　この小さな魂の
美しさ　やすらかさ

生毛のひかる頬に
世界の愛撫が　微風のようにそそがれる
そこだけが　春の日だまりのように
まぶしい風景だ

山崎　森小論――〝戦中派〟詩人の軌跡――

一九九一年は〝湾岸戦争〟とともにはじまった観がある。目下のところ（二月上旬時点）は中東に限定された極地戦とはいえ、日本も「多国籍軍」という名の正体のあいまいな「連合軍」側に加担している当事国として、無関心ではいられない戦火の推移である。この戦争に関する過剰ともいえる報道合戦の日々のなかで、山崎森の新詩集についての構想が告げられた。

山崎森には、第一詩集『危険海域』、第二詩集『人間焚祭』という〝戦争〟そのものに主題をおいた詩集がある。一九二〇年代の軍国主義国家ニッポンに生を享けている、いわゆる〝戦中派〟世代の山崎森の初期作品には戦場からの硝煙の匂いをそのまま引きずってきたような、血なまぐさい描写や激越な言葉が、機関銃のリズムで叩きつけられていた。山崎作品に視る〝戦争〟は、決して観念の構築物ではない。ミリタリズムの温床によって幼年期から純粋培養された「好戦」の体質が、衝撃の敗戦による価値の転換によって「反戦」の思想へとねじれてゆくアンビバレンツの世代が持つ矛盾と苦悩の上に形づくられ肉づけされてきた〝戦争〟の復元図ともいうべきものである。そして〝戦争〟を生みだす根元のものへの厳しい告発の姿勢で一貫している。

葉隠れの国で生まれフォルモッサの国で育ったというその閲歴にも、屈折した人生遍歴をのぞくことができる。青春期において学徒兵として戦火の修羅場をくぐりぬけ、また多難な日々を病苦とのたたかいできりぬけてきた山崎森の作品には、「死」を直視した人間のもつ達観の視点があり、「愛」をとらえる触手にさえ「死」のフィルターをとおしてのシニカルなタッチが感じられる。

詩集『石の曼陀羅』は、この詩人にとっての四冊目の詩集にあたる。ほぼ十年の周期で出されているが、それは詩人が所属したそれぞれ詩誌や団体を主舞台とした作品活動の総括でもある。つまり、一九六〇年代の『危険海域』は〈火山帯〉、一九七〇年代の『人間焚祭』は〈絨緞〉、一九八〇年代の『無現』は〈横浜詩人会〉などをホームグラウンドとしての作品展開であり、今回の『石の曼陀羅』は〈柵〉での集大成ということになる。

詩友三木英治とともに、私はそのどの時期にも同じ雑誌仲間（横浜詩人会では創立時の最年少のメンバーであった）として、山崎森の人と作品に間近に接してきた。その「山崎詩」は、二十代の私には狂熱のラム酒であり、三十代の私には知性のスコッチであり、四十代の私には諧謔の老酒であり、そしていま、五十代の私には熟成のコニャックとして、それぞれの時代を快く酔わせてくれた。

　山崎森には〝非行学〟の専門家としての数多い論文や著書があり、現在も「人間関係調整」についてのプロフェッショナルな領域をもっている。人間と社会のおりなす不条理のドラマに日々立ち会いながら、「人間」そのものを透視してゆく山崎森の実務と作品は不可分に結びついており、その主題におけるヴァリエーションにも注目させられる。その根底にあるのは哄笑の精神ともいうべき骨太な批評性である。

　若い日からの交流のなかでとらえている詩人山崎森には、九州人的土俗を惑じさせるあるなつかしさと、長い都会生活で身につけたコスモポリタンとしての漂泊者の体臭がある。そのスケールの大きいアレゴリーとアフォリズムで独自の詩法を形づくってきているが、第三詩集『無現』あたりから主題や手法へのゆるやかな転換が見られ、しだいに東洋的な回帰願望を漂わせながら『石の曼陀羅』の境地へと到達している。

　昨年の夏、横浜のベイブリッジでこの詩人と並んで花火を見た日のことがいま鮮やかに甦る。一瞬の光彩のなかに浮き沈みする歳月や人々への愛惜のおもいが、山崎森と私との共通項の一つである「横浜」という都市への愛着とからみあって、長く記憶に残る得難い時間帯であった。山崎森の詩業にも、どこかこの花火の壮大な仕掛けや多彩な色調に共通する幻惑的な言葉の仕掛けが感じられる。

　選詩集としての構成を持つ「石の曼陀羅」には、すでに目に触れにくい山崎森の旧作が収録されているが、自伝的な「ガジュマルの幻想」など、若き日の詩人の息遣いを彷彿させるものがある。いま「石の曼陀羅」に示されている山崎森の軌跡は、さらに貪欲に前方を目指しているに違いない。

V

海道のうた

〈ふるさと〉 大場正男

海道のうた

——日向スケッチ——

紅い
百日紅やカンナの季節
海は　日毎に
その青さをましていった。
風景が空にむかってはじけるような
灼熱の日盛り
ほこりっぽい海沿いの道を
観光バスの嬌声が
連なって通っていったが
入江の村は
夜明けまえのように沈まりかえっていた。

雨期をしたってあえいでいる蛙のように
上気した行列を見せている瓦屋根の下に
むかしながらの
すすけた障子の部屋があって
だあれもいない貧しい食卓が
沖釣りからもどる漁師たちの
潮風にぬれた空腹を待ち続けている。

白い　汀に跳躍する
海の子の　黒い裸身に

夏の太陽が乱反射の祝福をつたえる
水平線の青い広がりに呼びかける
たくましい野性の会話は
ながれ雲の純白な印画紙に
あざやかな南の旅情を彩るだろう。

浜木棉のみだれ咲く
夕映の砂丘を踏んでいく
裸足の少女たちは
海草の匂いのする固い乳房と
嵐のようなあこがれをもっていた。
都会の蜃気楼を夢みる神秘な微笑は
旅人の旅愁を妖しく魅惑するにちがいない。

大輪の向日葵が
西空へ花芯をめぐらす。
夕ぐれがだんだん畠をかけおりて
岬の突端から海面にひくく流れる。
やがて　月を待つひととき
村人の疲れた表情が
むせかえる萱草の山道を帰ってくる。
昼間《ひるま》　忘れられていた母と児があい抱く
農婦のはだけた胸のあたりに
苦汁に似た一日のおもいが
汗の匂いでただよう。
凍っていたような暗い部屋に
ようやく灯がともる。
月が出た。

真昼

トーテムポールが
じっとりと汗ばんでいる
街角は
広角レンズに映しだされた
生物の死にたえた日の
地球のように
強烈なしずけさだ
かたくとざされた銀行の扉や
デパートの回転ドアを
不意に
おしひらいて
目もくらむ死臭が

ぼくの脳天を襲うかも知れない
陽炎となって昇天していく
かわいた時間たち
梢　旗　ネオン塔
空のカンバスに息たえている
都会の静物たち
街は
夜明けを待つオープンセットだ
ボスも　殺人者も　家出娘も
黒い日蔭にひそんでいる
秘密の掌に

ゆがんだ設計図を握りしめて
夜をあこがれている
悪の感触

暑中見舞のはがきに
郵便配達夫の指紋がのこっている
ビタミン注射の匂いがする
積乱雲の下にある
故里では
十八貫のおふくろが
海の見える部屋に坐っている
おやじの墓を夏草がおおう
花々がうなだれている
人影のない露地を
よろめきながらつっきっていく
痩せた野良犬の眼球にも
らんらんと夏は燃えさかる

夢

眠りは　蒼い海流のゆくえにおしひろげられて

滴りそうに豊かな　南の空と　岬の投影が
ある
絶壁の突端は　虹色の絨緞に包まれて　不
思議な陽射しを照り返していた
午後の波紋に　母と僕の　とぎれがちな会
話が跳ね返っている
母は　若く美しく　記憶の中の顔をして
恋人のように僕によりそって
彫像のように動かないで
造花の唇から　ときおり
木洩れ日の輝きが閃めいているのだけれど
僕の耳はもうずっと前から　貝殻となって
くだけていた
幼児の眼差で虚空に把えている　母の体温
この女《ひと》は　やっぱり僕の母なのだろうかと

ためらいながら
乳色の靄の中に　垣間見ていた

窓があった
黒枠のガラスに
パントマイムの女の唇は　悲しいまでに上
下する
僕を呼ぶ母の声が　どこか遠い洞窟に響い
ている
その印に　僕の鼓動が風船のようにふるえ
ているではないか

僕の膝にきれいな手があった
そっと触れると　大理石の匂いがする
ナザレの聖母のように……

慈愛におののいている　指先の白さ
母の手に　干葡萄の甘さを想っていた
遠い日のことだろうか

やがて
視界は一面にあかむらさきの垂幕に閉ざされて
一瞬——二十年の距離が遮る

家具はそのまま古び
部厚い壁の向こうに
急に老いこんだ母の気配がする

擬縮された空間に　海草のような指が力なくよどんでいる
そこだけがまるで
夜明けの出入りする穴のように白い
闇にぬりこめられた僕の目に
空もない　岬もない
母は　と　夢中でさぐって見ると
漆黒のヴェールに老醜を隠して
夜の襞に漂っているのは　石蠟の指の白さ
潮騒と聞いていたのは　あれは
空を歩いてくる朝の跫音であったか

夜行列車

闇のなかから
真黒いけものたちが吠えたてるので
目かくしされた四頭立の馬車のように
臆病な　けたたましさで
夜行列車は
走りつづける。

淋しい落日でも眺めるように
あるいは
忘れられただれかの帽子のように
ぽつんと　車窓に
おふくろの顔がひっかかっている。

ひびわれた一個の歳月を
剝製のようなかるさで横たえ
苦い夢をむさぼる
おふくろ
萎れたひまわりの匂いのする
おふくろ。

おふくろよ
夜は
あなたの喪服のように　黒い
おふくろよ

夜は
あなたのこころのように　暗い
おふくろよ
ふたたび
煤煙のふる車窓に帰ってくるな。

疲れ　疲れきったおふくろが
底抜けふかい眠りをもとめるように
逃れても　逃れても　逃れられない
逃亡者のおもいを抱いて
夜行列車は　ひた走り
走りつづける。

再会

ふいに　呼びかける声があった
トラックの運転台から笑いかけてくる
ひとなつっこいひげ面があった
十五年前の　夏の光景がよみがえった

ふ、ぐ、のような腹を　波打際にさらして
しゃくりあげていた少年の顔
あいつだ　死にそこないのあいつだ。

あいつは
いつも空気銃を小脇にかかえて
唄とかけっこの得意な少年だった
ある日　屋根の猫をねらい
ある日　鶏のむれを蹴ちらし
ある日　妹の左目を確実に撃ちぬいた
せみしぐれのあかるい真昼のことだった。

あいつは　その日から
笑うことも　唄うことも　忘れた
海を眺めて　ひそかに　口笛を吹き
真昼を怖れて　日暮れを愛しはじめた
健康すぎるその両眼に見まもられて
眼帯をしたやさしい少女は
どのように成長したことだろう。

十五年前の　海辺のように
目映ゆい陽炎が二人をつつんでいた
ぼくの視線をまぶしくうけとめたあいつは
忘れた宿題をおもい出した少年の顔で
ぎこちなく笑って　頭をかいた
その背後に　ぼくは淋しいひとつの影を見
た
ほこりのように降りつもった悔恨を見た。

やがて　あいつは
砂塵のむこうにガソリンの匂いを残して消
えていった
目を失った少女の哀しい消息だけが
ぼくの胸に遺留品のように残ったままだ。

その日

35・9・3〈夏樹〉誕生

どぶねずみのあいびきしている
夏草のしげみのなかに
ひっそりと夏を燃やしている
カンナ　夾竹桃　ひまわり
病院の廊下は
寺院のようにくらい
湿った石の匂いのなかで
ぼくは　臆病に
時間のうえの綱わたり
こみあげる不安をあやつりながら
魂を　遠くの空におきわすれて
とつぜん

世界のもの音が
ぼくの耳につきささる
まちのぞんでいたひとつの声
いま若い母親の涙をくぐりぬけて
おおきく叫んだもの
一瞬　ぼくは風景を見失う
人々の会話もとぎれとぎれだ
もう　おまえを迎えるための
よろこびの言葉さえ忘れて
ぼくは立ちつくす
このまぶしい時間のなかに

危険物

こいつは
うごきまわる小さな凶器だ
その目は　猟犬のようにかがやき
広くもない猟場をかけめぐっている
こいつの　不思議な眼球には
熱湯も　庖丁も　アイロンも
わた菓子やミルク人形のように映るらしい
こいつの　無邪気なてのひらが
その無言の罠に吸いよせられるたびに
ぼくの筋肉はけたたましく痙攣するのだ

こいつは
砂中にもぐった不発弾だ
気まぐれな　いたずらで
いつ　どこで爆発するかわからない
天気のいい日曜日の朝だって
雨の降るゆううつな夜だって
不吉なささやきのような予告があると
蒸発しそうなこいつをかかえて
ぼくは息せききってとびだしてゆくのだ
〝本日休診〟の板切れにおびえながら
宝石泥棒のように街をうろつく
臆病な　ぼくなのだ。

こいつは
ぼくの鼓動をはかるメトロノームだ
ありったけの微笑や不安をかかえて
あっちへいったり　こっちへいったり
秒針のようにめまぐるしい　こいつも
夜は　小さなベッドにうずくまって
麦笛のようにかすかな寝息にかわってしま
う
この人さわがせな　危険物め
だが　もしかしたら……とぼくはおもうの
だ
あえぎながら生きているぼくらの世界を
バラ色にぬりかえてくれるかもしれない
見はてぬ夢のような　こいつ。
〈夏樹抄〉

女ふたり

ひとつの屋根の下に
向かいあって坐っているふたりの女
枯れてゆくひまわりのような　母と
みだれ咲くコスモスのような　妻と

ふたりの女のなかで
男は　いつも
水のように透明でなければならない。

愛するひとりの女が
加害者と呼ばれるとき
愛するもうひとりの女は
確実に　被害者であるという
この残酷な図式の重みに
男は　じっと耐えている。

はげしいまたたきのなかで
あるいは　こみあげる沈黙のなかで
どすぐろくからみあう
女たちの　生理の色を
黙って見つめているだけだ。

母の
枯木のような皮膚にくずれおちる
少年の日の偶像のかるさよ
妻の
岩肌のような表情にながれる
見知らぬ他人の血のつめたさよ
男は
ピッケルを失って　谷間に迷う
無防備な登山者の孤独を知る。

家族たち

悲しげな
いくつもの表情をもつ
一匹のけもの
飢えに吠え
喝きにあえぐ
荒野の一匹のけもの
〈家族たち〉
この不幸な集団

傷ついたひとりを
黙って見まもらねばならない
きびしい掟
たちきれない
血の鎖のために
その膿んだ傷口をなめ
熱っぽいからだをささえ
ともに　泣かねばならない

おまえたちのなかに
おれがいるから
おまえたちの苦しみは
おれの四肢のいたみにつながれる
おれは　おまえたちを憎む
激しい炎の強さで

だが　おれはおまえたちを愛している
憎しみとおなじ強さの愛で

〈家族たち〉
この呪われた集団

ひとりのおれと
おれでないおおぜいのおれ

おれには
不具者の兄がいる
おれには
前科者の弟がいる
おれには
出もどりの姉がいる
おれには

自殺未遂の妹がいる。

兄は　二才のとき
脳膜炎に罹った
十日以上も眠りつづけた
ひとりの幼児は
目覚めた　その日から

夢のつづきを失っていた
脱殻のように乾いた肉体を残して
未来は　燃えつきた。

弟は　二十二才のとき
刑務所に入った
秀才の犯罪と新聞が書いた
家族たちは　だれも信じなかった
あの子にかぎって　と
おふくろが泣いた
そんなはずがあるもんか　と
おれは　夜行列車で故郷へ帰った。

姉は　二十七才のとき
嫁に行った
亭主は　酒のみの運転手だった
学歴のある骨っぽい女と
脂肪のひかる中年男とのあいだには
あやとりのような話題はなかった
風呂敷包にかくれた姉は
ひっそりと玄関に立っていた。

妹は　十九才のとき
男に騙まされた
指の細い　蝶ネクタイの男だった
手品のように男が消えた夜
病院の真白いシーツのうえに
頸動脈を切った妹がいた
こみあげてくる悔恨のために
妹は　産婦人科の門をくぐった。

おれは
不具者ではなかった
前科者でもなかった
出もどりでもなければ
自殺未遂でもなかった
なんでもないことが
おれの
ただ一つの負担だった。

兄は　おれの足枷であった
そのために　つまづく　おれ
弟は　おれの手錠であった
そのために　身をねじる　おれ
姉は　おれの頭痛であった
そのために　顔をしかめる　おれ
妹は　おれの歯痛であった
そのために　涙をながす　おれ。

おれでない　おれのために
いつも　負け犬のようにおびえている
ひとりのおれ
おれは　脱れることができない
兄と呼ばれる　あいつから
弟と名乗る　あいつから
姉と思われる　あいつから
妹と答える　あいつから

子供の声で泣きじゃくり
無意味に笑いこける兄という男

犯罪者のふてぶてしい口調で
身上話をしてみせる弟という男
海綿のようにいつも濡れている
ヒステリックな姉という女
外国映画の情婦のしぐさで
ルージュを使う妹という女

おれをとりまく四面の鏡は
たえず　道化の顔を映している
笑ったり　おこったり
泣いたり　わめいたり
おれ　ひとりが

気取って歩いてなになる
おれ　ひとりが
歌をうたってなになる。

不具者である　兄の
前科者である　弟の
出もどりである　姉の
自殺未遂である　妹の
おあつらえむきの付属品でしかない
おれの人生
おれでないおおぜいのおれのなかの
ひとりのおれ。

晩夏

S子。
おまえの白い踝《くるぶし》が
ひたひたと闇を切る気配がする
あの橋を　あの坂を　あの踏切りを越えて
あの露路の思い出を踏みにじってゆく
おまえの足取りは
わたしの胸底に確かな波紋を印してゆくの
　だ
わたしの暗い表情から　　なおも
血の気を引き去ってゆくように
かすめひく潮騒の傲慢さで
非情な余韻を響かせて遠のいてゆく重いリ
　ズム
S子。
おまえの炎の眸《まなざし》に　　いくどか
わたしの鼓動は乱れた
誓うことも　信じることも
すでに言葉にならない
真実の愛を
おまえの唇に注ぎ
にぎりしめた掌と掌の汗にさえ
愛の実在を確かめあっていた日日があった
開かれた心で示されていた未来は

薔薇雲の輝きにはずんでいたではないか
きょう。

夏のおわりの日
わたしの悲しみの奥深く
足早におまえは立ち去っていった
立ち止る素振りも見せず
振り返る未練をも絶ち切って
わたしの寂莫の視野に遠ざかっていった
満潮の孤独がせまってくる
わたしの脳裡に
ぬぐいきれない傷痕《きずあと》を残して……
もはやわたしの手が触れることのない星座
　へ

S子、
ここに苦悶の顔がある
あの日おまえの羞恥《はじらい》に微笑み
愛の尊さに目覚めて歌った
幸福な若者の予期しない顔が……
わたしの窓々は閉され
わたしの椅子は重心を失ってしまった
もうわたしに明るい空など帰ってこない
おまえはわたしの目から風景さえも奪って
　いった
おまえのいない空間を
どうしてわたしが所有しえよう

S子。
おまえは　いまこそ

わたしを捨てていった正しさを知るだろう
遠く去ったおまえの背後に
わたしの最後の希いをあびせよう
わたしの愛していたおまえを
おまえの愛していたわたしを
返せ
わたしは二度と人を愛することはないだろう
おまえを愛したように
人を愛することはないだろう

あるエピローグ

（私たちはまだ覚えている。何もかももう一度そっくり戻ってこなければならないかのようだ。――R・M・リルケ――）

Ⅰ

おまえの瞳を美しいとはいわなかった
おまえの髪を故郷の匂いだとはいわなかった
おまえの素足をトルソーの清潔さだとはいわなかった
おまえの仕草を野菊の羞恥《はじらい》にたとえなかっ

た
おまえの白い額を羽根のように愛撫しなか
った
おまえの柔い息遣いを母親の慈愛と比べな
かった

けれども　おまえは去っていった
おまえは
おれを襤褸のように見捨てて
おれをハンカチのように忘れて
おれを手負いの野獣に育てて
おれを枯葉の舗道に残して
おれの夢を灰色に濁して
おまえはおれの目の前で見事なターンをし
た

おまえ　と　おれ
ただそれだけのことなのだ

Ⅱ

愛は　美しい紐の結び目のように
おまえとおれの掌に握られていた
とうきょうから　おおさかへ
〈真実をこめた健気なおまえの言葉で
……〉
osakaから　Tokyoへ
〈寂寥を投げつけたおれの言葉で……〉

おまえの優しい言葉たちに
おれの歳月はからくも支えられていた

怠惰な雨の朝
ネオンに溺れてしまつた孤独の夜
おれはいくどか
おまえのいない空間をかき抱いた

五月
それは　口笛のように晴れやかな東京
おまえとの距離が失われた輝かしい朝のこ
　とを覚えているか
おれの目は上気したおまえの目を確実に把
　えていた
おれたちは役立たなくなつた言葉をかなぐ
　り捨て
再会の狂おしい激情を掌のぬくもりに求め
　合った

Ⅲ

おれに手紙を書いた少女はもうここにはい
　ない
おれが手紙を書いた少女はもうここにはい
　ない

Ⅳ

おれは　むしょうに絵が描きたいといいな
　がら
おまえは　おれのためにベレーを編んであ
　げるといいながら
肩を並べて石畳の坂を神田に歩いていった
　日
ニコライ堂の青いドームに

ことし最後の夏がまぶしく光っていた
選ばれた週末の午後
鮮かな敗北がおれを襲う予感は全くなかった

悲劇の幕切れを飾る主役のピエロは
なぜおれでなければならなかったのだろう
おれは奇蹟というやつの存在を信じなかった
やつは　なんのまえぶれもなくやって来て
悪魔のまなざしで
おれの明り窓を覗いていたのかも知れない
その不幸なざわめきがおれの耳には聞こえなかった

おあつらえむきの小さな舞台
シャンソン茶房の片隅で
おれは　なんと無器用に絶望の演技を繰り返したことか

V

おまえと
おまえの新しい恋人のために乾杯！
〈おれはこの日を忘れないでいよう〉
おまえたち二人の意味ある記念日を
おれの忌わしい敗北の日を……

おまえの唇に
そのような固い言葉を見たことはなかった
冷たい能面に変貌した表情の記憶もなかっ

た
おれをKO《ノックアウト》するのに手間はかからなかった
はずだ
〈私の心は　すっかりその人に奪われて
いたの。〉
その台詞《セリフ》だけでいい
勝負は初めからきまっていたのだ

おれの目から青空が遠のいた
嫉妬が網膜を焦した
胸を過ぎてゆくのは　炎なのか　疾風なの
か
〈信ジラレナイコトガ起コッテイル〉
〈信ジラレナイコトガ起コッテイル〉

おれは受身になって完全に追い込まれてい
た
ワン　ツー　スリー　フォー……
おまえはレフリーの冷酷さで
パンチの反応を計算していたに違いない
傷ついた動物の最後を見とどける
あの勝ちほこった残忍な猟師のまなざしで
……

Ⅵ

おれは　はじめて知った
愛を誓い　目を閉じ　唇を合わせる
それにどのような意味があるだろう
強い抱擁の瞬間にも
男と女とは仇敵同志なのだということを

野良犬のようにわずかな隙をうかがう
醜い習性に生きているのだということを
おれは失格者の栄光に泣くのだ
ルールを忘れてしまったおれを
おまえを信じたおれのうかつさを笑え
おれを信じこませた完璧の演技を誇るがい
い

Ⅶ

アラビヤ模様のコンパクト　真珠の指輪
おれがおまえに捧げた高価な饒舌の空しさ
おまえの小さな歓喜《よろこび》は
おれの鼓動につながっていた
だが　おれがおまえに贈る真実のプレゼン
トはたった一つだ
おれの完敗を調印した
あの最初で最後の平手打だけだ
悲しみの紋章をくっきりとかかげ
涙で縁取られた豪華な贈物を受けるがいい
おれもまた
涙に濡れたおまえの頬の感触を生涯忘れる
ことはないだろう

Ⅷ

いま　葛藤するおれの心底に
野火のように蜂起してゆくエネルギーがあ
る
おまえの裏切りに呼びかける憤りの声たち
怒りは　一つの感情ではない

赤や黒にヴェールされた強烈な色彩でもない
怒りは　鋭角な意思の切先に集中される
おまえの一切を拒み
おれの胸に染みついたおまえの記憶を抹殺してゆく
非情な刃となるのだ

怒りはたえず飢えを孕んで出発してくる
新しい獲物を期待する狂暴な野獣の姿勢で
おれは貪欲に
明日という日を持たねばならない
絶海の漂流船を支配する
あの救いのない焦躁と飢餓の中から
陸地への夢が剝奪されてはならないように

流転の詩人

山崎　森

南君は詩友であると云うより弟のような気がしている。彼にして見ればこんな柄の悪い兄貴じゃ迷惑だろうが我慢して頂きたい。こんな風に気取らないで話合える仲なので彼の人間味については私なりに理解しているつもりだ。今度招かざる運命に追われて京浜の地を去ってさい果ての南の国に転勤してしまったが在京同人は勿論、彼を知る総ての人たちが惜別の情に耐え難きものがあったと思う。彼は如何なる時も善良で素直で快活で陽気なパリジアンと云う表現が適切であった。裁判所の役人のくせに服装はいつも明るい色彩のシャツかセーターを着てベレー帽を大事に頭の上に乗せていた。

つまり彼はモダンボーイであった。彼は独身時代から私のアパートに遊びにやって来ては寝食を共にした。月給日前などは栄養補給とアルコール注入のために来訪し徹夜して形而上学・形而下学の勉強をした。口性ない同人たちは私の住所が谷中なので彼を谷中大学の優等生と冷かしていた、と云うのは私の講義を受けてから現在の久子夫人を物の見事に仕止めたからであって斯道の優等生であることは否定出来ない。加うるにこの夏は二人の愛が結実して二世の夏樹ちゃんが誕生した。彼等の夢であり希望であり生活の唯一の支柱的存在の出生であったと心から祝福したい。

南君の詩風は叙情詩のようだ。彼は総ての対象にカラーフィルムを使用する。それ故彼の作品は何時も天然色の様に美しく鋭角や硬度に乏しい女性的なムードをかもし出す。彼は絶対的と云っていい程ボードレールには接近出来ないようだ。ヴェルレーヌのようにありたいと潜在的に希っているのかも知れない。反面彼は組合運動にも在京時は熱中していた。といって彼は所謂アカではない。行動的には同一視されるかも知れぬが彼は自由人としてのヒューマニズムから出発しており感性的には明らかにアンチ・レッド人間である。

これは彼の作品系列を眺めると明らかである、個人としてはあくまでも叙情性を追求しながら完成された人間性への到達を希っている。集団の単位としては資本主義社会の矛盾に反抗し、これらの招来する社会悪と対決する社会的公憤を爆発させる情熱の人間性が具現されている。この思想的背景には彼が植民地で育ち敗戦・抑留・引揚という苛酷な試煉が母胎となっていることも見逃せない事実である。この様に一見矛盾・相反する性向を統合しているものは矢張り天性の善良なる人間性以外にはないと考えられる。

現在の彼にはもう外人墓地の見える港もない。税関の白い塔も、並木もヤンキーの子供たちも夢にしか出て来ない。あるものは火山の見える港であり舶来ウイスキーの代りに芋焼酎が彼の追想を酔い消すだけであろう。だが南君はその中に過去の感傷に訣別する日があると思う。そして再び彼の静かな眼は現在から未来に正確なピントを合わせて立派な作品を書いてくれるだろうと私は秘かに確信していた。今回彼が作品特集を以ってこの期待に応えて呉れたことを心から喜んでおり今後一層の精進を希って已まない。

「火山帯」72号

Ⅵ

リポート

「火山帯」残党記

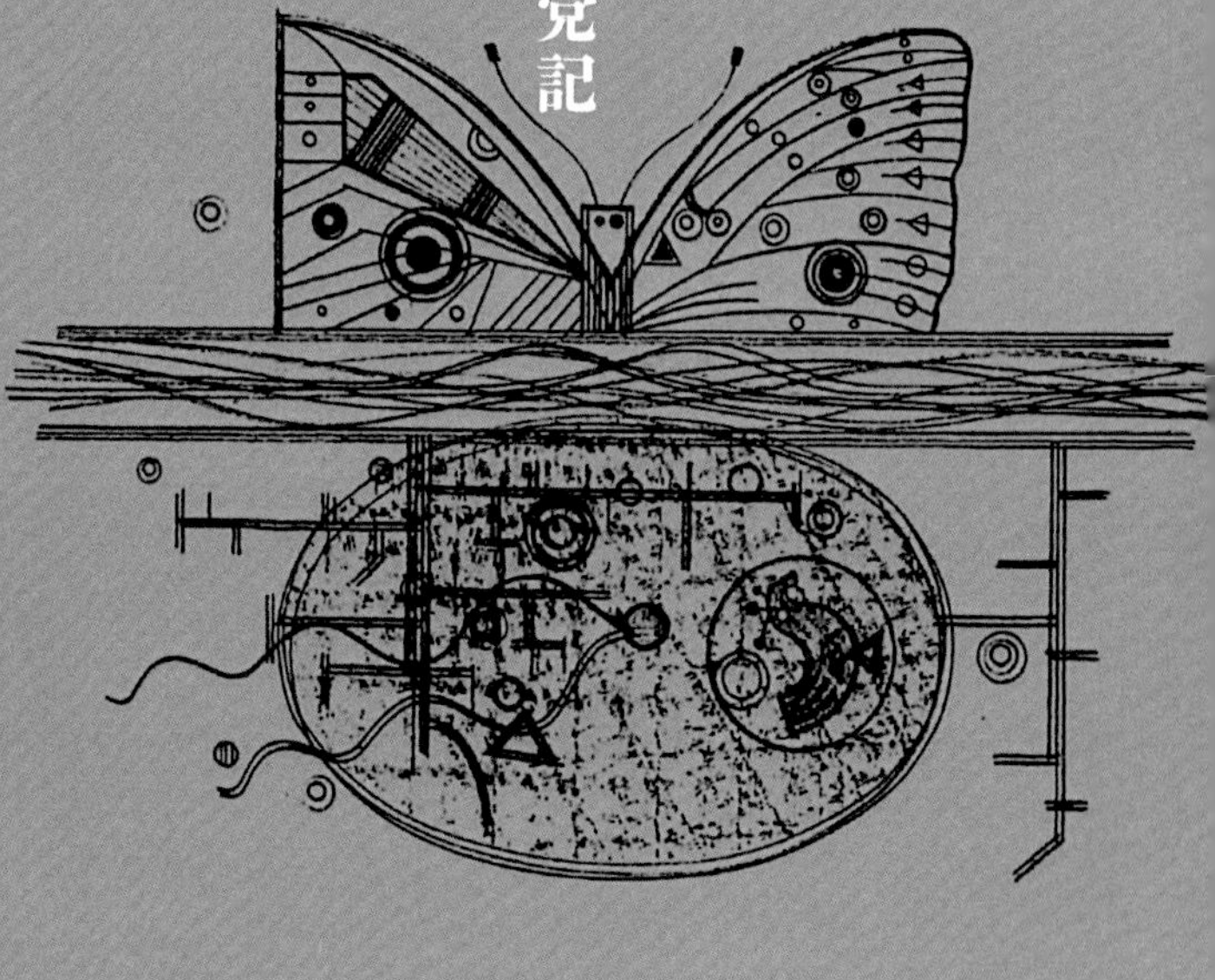

〈早春賦〉　大場正男

「火山帯」残党記
——自分のためのメモランダム

「火山帯」という詩誌があった。二十一歳の私が初めて参加した同人誌である。この詩誌の出発はいわゆる職場文芸誌としてのそれであった。その母胎となったのは東京家庭裁判所の調査官（家事・少年）という職種を中心としたもので、いま（令和六年七月現在）評判のNHKの連続テレビ小説「虎に翼」の主人公佐田寅子（女性法曹の草分け、三淵嘉子がモデル）の活躍舞台である「家庭裁判所」発足のその時代と重なっている。

三淵嘉子の年譜によると、三十三歳の時（昭和二十三年）最高裁判所事務総局家庭局民事局の事務官として、戦後初の「家庭裁判所」設置のプロジェクトに参画、三年後の制度発足と同時に東京地方裁判所判事補として、念願だった「裁判官」として登用されている。昭和三十一年には最高裁判所初代長官であった三淵忠彦の子息乾太郎（東京地方裁判所判事）と再婚、この年東京家庭裁判所判事兼東京地方裁判所判事となっている。

詩誌「火山帯」の創刊は昭和二十九年（一九五四）八月である。まさにこの時代三淵嘉子判事の所属していた東京家庭裁判所に勤務していた調査官、書記官らによる職場内での文芸活動が、「火山帯」による〈現代詩〉への模索であった。その中心となった調査官三野亮は、戦前の「詩と詩論」の時代にレスプリ・ヌウボウ運動の洗礼を受け、中央大学在学中の昭和九年（一九三四）岩本修蔵を紹介者として、春山行夫、北園克衛らのグループ〈アルクイユ〉に入会している。

アンドレ・ブルトンによる「シュールレアリズム宣言」に影響を受けた日本におけるシュールレアリズム運動の拠点が「詩と詩論」（4号から「詩学」と改題）であり、当時、江間章子、岩佐東一郎、近藤東、西脇順三郎、坂本越郎、城左門、田中克己、山中散生らの錚錚たる詩人たちが名を連ねていた。三野は若輩ながら「石野眞」のペンネームで、「レスプリ・ヌウボウ」に作品を寄せ、のちに扇谷義男、野田宇太郎らと詩誌「祝火」を創刊するなど、恵まれたスタートを切っている。

戦後発足の新しい職場・職種である「家庭裁判所調査官」は戦前からの地方裁判所の書記（書記官）という叩き上げの徒弟的職種とはまったく異質の、学者、文化人的気質の職種であり、特に初期の採用者は圧倒的に〝教員上がり〟が多かった。職場雑誌とはいえ、「火山帯」は創刊当時から格調高いマニフェストを掲げ、北川冬彦、伊藤信吉らの現役詩人たちとの交流を深め、〈現代詩〉を標榜する前衛の意気ごみにあふれていた（多分に、三野亮の人脈に負うところが大きい)。

調査官平山貢(筆名三継治弘)を編集者に五人の同人たちで始められた「火山帯」は、月刊を維持しながら、その後山崎森、金子靖らの現役調査官を加え、さらに地方在住の裁判所関係者にも呼びかけ、村田修(津地裁・書記官)、三鬼歌子(大阪地裁・書記官)らを加えてゆくが、当時、本郷にあった最高裁判所本郷分室(旧岩崎男爵邸)で速記部研修生として学生身分の私が同人参加したのは昭和三十年(一九五五)八月発行の13号からである。

創刊二年目のこの頃には、創刊同人の鈴木栄吉(「時間」同人)や平山の人脈から、札幌の北伸一(本名能條繁樹・北海タイムス記者)や菖蒲進市(千葉)、下津雅俊(大阪)などの、すでに実績のある気鋭の書き手が加わり「月刊詩誌・火山帯」として二十頁近くの詩誌となり、詩作品の充実と合わせてエッセイ・評論活動も活発化してきている。十一月号からは表紙もカラー刷りとなっている(毎月の合評会は東京家裁の会議室を使用)。

また、「火山帯」には不思議に演劇関係者が多かった。創刊当時から編集の中心であった平山貢(日大芸術学部出身)は自ら自立劇団を主宰(当時映画「がめつい奴」で大ブレークした丸井太郎やのちに俳優座に入る小笠原良智らを擁していた)、自主公演を行っていた。初期同人のかねこともえは新劇〈演技座〉に所属、大阪から参加の三鬼歌子は『檳榔毛車物語』『うつほ』などの王朝風な作品で知られ、内田朝雄主宰の〈大阪円型劇場〉で舞台化されている。

さらに、創刊五年目あたりから同人に加わった岩倉憲吾は、「文芸首都」の中心的な同人であるが、もう一つの顔は〈新派〉の文芸演出部所属の舞台監督。戦前からのプロの演劇人であり、詩集『白い雲』の跋文を水谷八重子が執筆している（岩倉は俳人としても知られ、多くの句集を出している）。また謄写版時代の「火山帯」（3号〜19号）の印刷者であった工房〈みみずく〉の中田公明は、劇団〈仲間〉の演出家であり、画家・イラストレーターとしてもプロ級の技量を持っていた。

「火山帯」は昭和三十一年（一九五六）三月号の通巻20号から活版印刷となっている。現在ではごく普通の出版形式であるが、半世紀前のその時代、文芸詩誌や学校新聞、あるいは〝部外秘〟の試験問題などの印刷の多くは、各地の刑務所作業課に委ねられていた（詩集出版の費用が四万円と言われた時代である）。「火山帯」の印刷を引き受けてくれたのは、福島県白河市の斎藤印刷所である。

経営者の斎藤庸一は、東北地方を代表する詩人としてもよく知られた恰幅のいいご仁であった（戦時中は近衛師団所属の兵士であったと聞いている）。また、詩集『ゲンの馬鹿』などで高く評価された〝方言詩人〟でもある。その代表詩集『防風林』は装幀草野心平、序文会田綱雄が受け持っている。この時期に刊行された『火山帯詩集一九五六年版』の編集会議は、斎藤の地元甲子《かし》温泉で行われたが、この機会に私はたった一度斎藤庸一のスケールの大きい人間像に触れている。

創刊二年目にして「火山帯」の同人は二十余名にふくれあがり、その分布は北は北海道から南は九州まで、文字通りの「火山帯」を形成している。この二年後に再びアンソロジー『火山帯詩集一九五八』が刊行されるが、参加メンバーは二十五名、三野亮を巻頭にこれまで名前の出てこなかった梅木嘉人(宮崎)、今西鈴子(大阪)、新美欽哉(三重)、高橋秀一郎(千葉)、松代達生(兵庫)、平井清裕(大阪)、岸新太郎(東京)らが加わっている。

いずれも個性的な面々である。梅木(本名成敏)は同郷の〝戦中派〟世代の詩人黒木淳吉、金丸桝一らと、戦後いち早く〈青年詩人集団〉を結成、高校生の私に〈詩〉の手ほどきをしてくれた〝兄貴分〟である。今西は三鬼歌子や無名時代の田辺聖子らとの小説修業ののち戯曲やラジオドラマ台本なども書いている。高橋は千葉大学工学部学生時代に同人となり実家の写真館を継ぎながら、写真家としても知られるようになってゆくが、惜しくも四十代で早世している。

松代は神戸市外国語大学の出身だが、在学中に地元の小劇団に入団して舞台を踏んでいる。「文芸首都」で詩・小説を書き始め、『飛べない天使』で直木賞候補にもなった。その後、広告会社サンアドの社員となり、日本ペンクラブの広報部門でも活躍。昭和五十六年（一九八一）私はこの松代の手引きで、「婦人画報」の編集長で株式会社サンアドの代表取締役であったエッセイストの矢口純（ワイン・ウイスキー通としても名高い）を紹介者として、日本ペンクラブへ入会している。

昭和三十三年（一九五八）、「火山帯」は月刊を維持しながら五年目の周期に入ってゆく（この頃は平山・山崎・鈴木・南の編集体制）。九月号は「50号記念特集号」となっているが、特別寄稿として北川冬彦「火の馬」「快晴」、扇谷義男「快癒のとき」、斎藤庸一「カチューシャの姪たち」、岩倉憲吾「その男」が名を連ね、エッセイに沢村光博「詩人における感情の母岩」、藤富保男「藤富保男に関する極めて短い覚書」が寄せられている。こうして書き出してみると「火山帯」は北川冬彦の「時間」や菊岡久利の「文芸首都」との人的つながりが色濃く感じられる。扇谷義男は横浜時代に結婚した私たち夫婦の媒酌人である。50号には巻頭に発行人である三野亮の「創刊より五十号まで」の報告記事があるが、その中で私に触れて「絵画的な手法をもってロマンチックな作風を続けている南邦和は十三号から加入し、絶えず美しい言葉で我々を魅惑した…」と評されている（私は抒情詩人であったのだ）。そして三野のしめくくりは「私は五十号の発行にあたって、現同人は勿論、途中で「火山帯」を去った人々にも是非、五十才、六十才になっても詩を書き続けていって欲しいと思う」となっている（私は当時二十五歳、そして現在九十歳でいまなお〈詩〉を書き続けている）。

「火山帯」は昭和三十五年（一九六〇）五月発行の第69号から〝隔月刊〟に移行している。〈六〇年アンポ〉のその年である。七月発行の70号では巻頭に「ファシズムを警告・排撃する緊急声明」を、火山帯編集委員会として発表している。岸内閣による「新安保条約」承認の国会決議を無効とする民主主義擁護、ファシズム排撃、岸内閣退陣、国会解散を要求する、かなり激越な声明文であった。

この時期は、まさに国を挙げての政治の季節。六月の「ハガチー事件」をきっかけに日本列島各地で「安保改定阻止」のデモが連日のように繰り返されていた。全学連主流派による国会突入で女子学生樺美智子が死亡したのは六月十五日のことである。その前年の昭和三十四年には「警察官職務執行法」が可決されているが、当時横浜地方裁判所勤務であった私は、職場組織である〈全司法横浜支部〉の青年婦人部長として国会へのデモの先頭に立っていた。〝保守の人〟と見ていた詩人扇谷義男が、昭和十六年の日米開戦の前夜、「治安維持法」による予防検束で加賀町警察署に留置されていたことを知った。扇谷自身の口から聞いた話では〈自由詩〉を書いていたからだという。

「火山帯」はその後も隔月刊で順調に号を重ねているが、昭和三十五年十二月発行の72号は「南邦和・作品特集」となっている。この号には私の二十七歳のポートレートと共に「ガラスの部屋」「奈落」「待合室」「死について」「真夜中のマヌカン」「ボクサー」「家族たち」など十四篇が一気に掲載されている。合わせて私のエッセー「詩または詩人の効用」と山崎森による〝詩人論〟「流転の詩人」が特集を締めくくっている。この年私は横浜から鹿児島へ転勤している。繁雑になるが「流転の詩人」の一部を引用してみたい。

《南君は詩友であると言うより弟のような気がしている。彼にしてみればこんな柄の悪い兄貴じゃ迷惑だろうが我慢して頂きたい。こんな風に気取らないで話合える仲なので彼の人間性については私なりに理解しているつもりだ。（略）彼は如何なる時も善良で素直で快活で陽気なパリジャンと言う表現が適切であった。裁判所の役人のくせに服装はいつも明るい色彩のシャツかセーターを着てベレー帽を大事に頭の上に乗せていた。つまり彼はモダンボーイであった。

彼は独身時代から私のアパートに遊びにやって来ては寝食を共にした。月給日前などは栄養補給とアルコール注入のために来訪し、徹夜して形而上学・形而下学の勉強をした。口性ない同人たちは私の住所が谷中なので彼を〝谷中大学〟の優等生と冷やかしていた。（略）南君の詩は叙情詩のようだ。彼はすべての対象にカラーフィルムを使用する。それ故彼の作品はいつも天然色のように美しく鋭角や硬度に乏しい女性的なムードをかもし出す。彼は絶対的と言っていい程ボードレールには接近できないようだ。ヴェルレーヌのようにありたいと潜在的に希っているのかもしれない。》

出会いのその時から〝九州人〟同士の親しさでつきあっていた年長（十歳違い）の兄貴分山崎森は、「火山帯」時代の私の庇護者であり、私の人生の後見人でもあった。山崎家は放浪時代の私の〝実家〟であった。大正十三年（一九二四）佐賀県武雄生まれの山崎は中学時代を台湾で過ごし、学徒出陣からの復学後九州大学法学部を卒業して、戦後発足の東京家庭裁判所に入所している。科学調査室室長などのキャリアを経て退官、その後横浜で人間関係相談センターを立ち上げ、女子大などの講師を務めている。

多作家であった山崎森には『危険海域』『人間焚祭』『Persona Non Grataの歌』など十冊近い詩集があるが、その一方で日本における「非行少年問題」の権威として、『いじめの構図』（ぎょうせい）、『喪失と攻撃』『青少年の問題行動の分析——愛と拒否の死角』（立花書房）などの非行現場からの研究書がある。また、『石の曼陀羅』『石の狂詩曲』の詩集名でも知られるように愛石家で知られ〈横浜樹石会〉の重鎮でもあった。

創刊十年目で活動を終える「火山帯」の後期48号から同人参加している高橋秀一郎は、詩壇的に最も評価の高かった詩人である。73号はその高橋の「作品特集」となっている。

「偽瞞の時」「ある日・まちの小譚詩」「不定の時」「その夜に」「沈黙の旅」などの力篇が並んでいるが、評論「新・主観写真詩論――芸術としての写真のために」が注目された。「写真は瞬間の芸術である。ということがよく言われている。しかし写真を決定的に意味づけるのは、つまり作品としてまで昴めるのはシャッターが押される瞬間なのでは決してない。写真はその提出の仕方によって真の意味を有つのである…」の書き出しに始まる本格的な写真論である。

「火山帯」にはこれまでにも演劇人である平山貢、三鬼歌子、今西鈴子、三木英治らによる演劇論、舞台評が発表されてきたが、高橋の出現によって「グラフィック・ポエジイ」などの〈詩〉と〈写真〉のコラボレーションによる誌面作りが可能となっている。

高橋秀一郎は一九三七年埼玉県児玉町の生まれ。横浜在住時代は我が家にも時おり顔を見せていたが、色白で痩せっぽち、見るからに病弱なその風貌はまさに〝詩人〟の典型を思わせた。昭和三十八年（一九六三）、高橋は第一詩集『苦い実の港』を出版しているが、その後郷原宏、葛西洌ら気鋭の詩人たちと共に詩誌「長帽子」を創刊、『森の果て』『伏流伝説』『岬の遠景』『緑男』などの詩集をあいついで刊行、昭和五十三年（一九七八）には笠間書店から『破壊と幻想――荻原恭次郎私論』を出版して話題となった。

83号以降「火山帯」の編集は平山貢、関幸磨の二人制になっている。関は群馬県中之条の出身で、私とは研修所同期の詩人である。この頃から同人の減少傾向が目立ち毎号十人前後の執筆者となっている。昭和三十八年八月発行の87号は「詩論特集」となっており、高橋秀一郎「詩の行為とその周辺」、山崎森「傾斜線上の詩」、村田修「詩人のモティヴェーション以前」、鈴木栄吉「現代詩革命あれこれ」、関幸麿「政治と詩」、平山貢「詩論以前のノオト」というラインナップとなっている。

昭和三十八年十一月に発行された「火山帯」88号は「創刊十周年作品特集」と銘打っているが、事実上これが最後の「火山帯」である。裏表紙に印刷されている同人名簿には、北伸一、高橋秀一郎、鈴木栄吉、関幸麿、平山貢、三木英治、南邦和、村田修、山崎森の九名の名前が並んでいる。これが〈火山帯丸〉の最後の〝乗組員〟である。三十四ページ建ての最終号巻頭には招待作品として、三野亮「生活の中に消えゆくもの」岩倉憲吾「その男」の二編が〝名誉同人〟としての扱いで掲載されている。

同人作品としては、平山貢「告別」、鈴木栄吉「迷路」「健忘症」、村田修「勲章」、山崎森「足のある魚」「錨」「残照」、北伸一「おまえⅥ」「おまえⅦ」、高橋秀一郎「草地」「記憶のまつり」、南邦和「ひとりのおれとおれでないおおぜいのおれ」、三木英治「太陽」が並び、「八十八号が十周年記念号というのは偶然にしても愉しいが、どうもぼくらには『ひとむかし』の実感が湧かない。創刊はつい先頃のように思えるのだ。この辺もどうも普通の定規では測れない火山帯の鈍牛ぶりで、長所でもあり短所でもあるのかもしれない」と、平山貢が編集ノートに書きつけている。二十一歳でこの詩誌に参加している私はようやく三十歳に達したところである。「ひとりのおれと……」は百行近い長詩となっている。

フザケタ話だが、十年間にわたる詩誌「火山帯」の活動が幕を閉じた半年後の昭和三十九年（一九六四）八月「火山帯・幽霊号」なる一冊が出現する。巻末には「編集ノオト」ならぬ「幽霊通信」があり、第一便を山崎森、第二便を村田修が書いている。その中に、「幽霊行進に参加する予定であった南邦和は〈ついに幽霊号の幽霊になったようです〉と手紙を寄せ姿を見せないが、詩誌『絨緞』や演劇分野で活躍。去る七月にも彼の制作になるマルセル・パニョルの『マリウス』が上演された」と伝えている。奥付には麗々しく「発生地↓旧火山帯発行所廃墟、行先或は停泊地↓不明」と、どこまでもフザケテイル。

最後に、畏友三木英治について書き遺しておきたい。三木は私の人生において最も因縁深い文字通りの先輩先達であった。三木との出会いは昭和二十九年（一九五四）奇しくも「火山帯」創刊のその年である。三木の文章を借りると、

《南邦和さんとの出会いは、一九五四年だから、ちょうど五十年前（執筆時点から）のことである。場所は、東京・湯島の旧岩崎男爵邸であった。不忍池と湯島天神とのあ

いだに、約二万坪の広大な屋敷をかまえた旧三菱財閥主の、鹿鳴館ふうの木造洋館で出会ったというのが、じつに象徴的である。

関東大震災にも、今回の東京大空襲にもびくともしなかった豪商の屋敷は、敗戦とともに明治以降の栄光ある歴史を剝奪されて、占領軍による接収（占領軍の諜報機関である〈キャノン機関〉になっていた＝南註＝）ののち日本政府に返還され、そこが最高裁判所の研修所となり、私の一年後に南さんが入所してきた次第である。歴史を喪失した豪邸と同様、私たちもまた、その地で生を享けたかつての植民地・朝鮮半島を逐われた故郷喪失者であったのだ。

出会いから半世紀の時を経て、その間、折々に彼の詩に触れてつくづく思うのは、南さんが喜怒哀楽のあいまに垣間みせる「喪失者の痛み」という、その一事である。単なる喪失ではない。突如身に降りかかった否応なしの、しかも追放という芳しからぬ恥辱を背負わされた、故郷喪失である。そのうえ、当然の権利と信じてかの地にあったわが身が、じつはかの地を不当に侵略していた異端者の一員である事実を突きつけられて、従来の安らかなアイデンティティーがにわかに音立てて崩壊してゆく心の傷までが、少年の哀しみに付加されたのである。しかるがゆえの南さんの〈喪失の痛み〉は、哀しみとともに、激しい怒りの様相を帯びてくる。（後略）》（「詩と思想二〇〇四年六月号巻頭グラビ

（ア「日本の詩人」より）

長い引用になったが、戦前〝植民者（コロン）〟の息子として朝鮮半島で育った三木英治と私は、出会うべくして出会ったという因縁の間柄でもある（三木の父親も私の父親も朝鮮総督府管轄下の鉄道官吏であった）。〝研修生〟時代は先輩・後輩としての接点はあまりなかったが、卒業後の私の初任地であった大阪地方裁判所では、三木は先任の指導官であり、その後の「火山帯」大阪支部？との交流を通じてより親密なつきあいとなっていった。ほとんど毎日のように昼食を共にし午後五時以降のプライベートなつきあいでも〝おいみき徳利〟のように二人で行動していた。〝画廊めぐり〟が日課であり目黒三郎の〈フランス語講座〉に誘ってくれたのも三木英治である。

その先輩三木英治を「火山帯」に押し込んだのは私である。昭和三十二年三月号（34号）巻頭に寄稿作品として発表された三木英治の詩「裏通の裸女たち」は、従来の「火山帯」には見られなかったユニークで華麗な作品であった。

例えば――

価値体系の枠から〈美〉が放逐されて

戦争のような時女は一箇の器官でしかなかった。

に始まる一篇は、異国兵に陵辱される同胞の女がモチーフとなっている。次号の四月号

（35号）から三木は正式な同人となり、詩作品・エッセイ・評論・戯曲・小説と、まさに「八面六臂」の活躍を見せてゆく。のちの「ジャン・コクトォ」の研究で知られるように、三木の読書量と読書傾向は他の追従を許さない密度と深さを持っていた。彼の書斎は私が手に触れたことのない書物（美術書、評論集など）であふれていた（特に澁澤龍彦、稲垣足穂、三島由紀夫らの影響が見てとれる）。

同人参加以来の三木英治の代表的な作品（仕事）を挙げてゆくと、詩作品では「〈カルナヴァル〉大壁画」（37号）、「明晰の散歩道（ペリパトイ）」（41号）、「街角とひるがえる旗のヴイジョン」（43号）、「空間恐怖」（45号）、「ぼくの幸福には仕掛けがある」（53号）、「デイオニユソスの散歩」（74号）、「太陽」（88号）があり、その主題のスケールと多彩な表現力に圧倒される（勿論、その学識、知見にも）。

評論活動としては「詩――（象徴の城として）」（50号）、「海と太陽――J・コクトォ詩集『寄港地』（一九二〇年）」（50号）に続いて、「夜の手帳――J・コクトォ頌」（70号〜74号）が五回にわたって連載されている。この他戯曲「肖像」（52号）、小説「朱夏」（72号）の他、同人論などにも健筆を振っている。「火山帯」84号は「三木英治・特集号」となっているが、三木は小説ともエッセイとも散文詩ともつかぬ「游子《ゆうこ》――あるいは、砂漠のオアシス」の一端を発表しているが、十九歳の若者（三木）の熱愛と失恋がモチーフになっている。その終連は次のように結ばれている。

ぼくの透明なかなしみ、水晶の、あの痛み、木の葉は、緑なのではない。

The tree is Greening

白昼、太陽はさかんに燃えている。そして黄昏は太陽の流す血なのだ。

働きすぎたひとたちに重たい尻をぶら下げて、血の気の失せた顔で、思い思いの方角に消えてゆく。

ぼくらのすぐ傍を流れている、神秘の回廊に沿って、かれらはどこかへ消えてゆくのだ。

昭和六十三年（一九八八）の夏、私は三木英治らと同行してソウルを訪れている。私にとっては引揚げ以来四十年ぶりに見る「京城」であった。この年ソウルで開かれた〈88（パルパル）ソウルオリンピック〉に合わせて〈第52回国際ペン大会〉がこの地で開催されている。日本ペンからの参加は四十三名（同伴者十八名）。遠藤周作会長を中心とする主力組には専務理事の尾崎秀樹をはじめ早乙女貢、加賀乙彦、生島治郎などの顔ぶれ、私は大阪組としてショート・ショートの名手眉村卓や三木英治夫妻と行動している。九州からはただ一人の参加者であった。

八月二十八日の〝前夜祭〟に始まった〈ソウル大会〉の中心議題は「表現の自由」と

「獄中作家問題」であったが、ソ連からは〝反体制詩人〟のエフトゥシェンコが参加注目を浴びていた。日程の後半には水原（スオン）の民族村や慶州観光が組まれていたが、加賀乙彦医師や『マッカーサーの二千日』の著者袖井林二郎や、すでに面識のあった思潮社の小田久郎らと、有名無名の垣根を越えて親しく交流することができた。この〈ソウル大会〉が契機となって千葉龍（金沢）松本富生（栃木）などとの〈88（パルパル）きょうだい会〉（会長三木英治）が発足している。その後自然消滅。

会期中のある一日、三木英治の希望で「多分このあたり……」にあっただろうというおぼろ気な記憶を辿りながら、三木が少年時代を過ごした〝鉄道官舎〟探索に出かけた。炎天下のソウルを二、三時間南大門周辺から徳寿宮のあたりまで汗だくでウロついたが、高層ビルの林立する現代のソウルに懐かしい「京城」の痕跡を見出すことは奇跡に近い徒労であった。三木英治と私の胸の中には共通のモノクロームの「京城」が残っていたのである。

令和四年（二〇二二）秋、あいついで山崎森（横浜）、三木英治（大阪）の訃報が届けられた。私にとっては肉親の悲報にまさる衝撃であった。上京する度に横浜駅の〈崎陽軒〉で待ち合わせ〈小雀ホテル〉と呼んでいた山崎家でご厄介になっていた半世紀、上阪の度に必ず再会を果たしていた三木英治。「火山帯」残党はいま私ひとりになってしまったのである。

（二〇二四年七月十四日〈巴里祭〉の日に）

〈ふたりⅡ〉　大場正男

【MRT】

1969 「塔」(民放祭参加～構成)

1969 「午後の若者たち」(構成)

1969 「宮崎の朝・一ツ葉」(構成)

1978 「新しき村」(杉山正雄氏と対談)

1981 「ふるさと'81 ～西都」(詩と文)

1985 「牧水と詩」(出演)

1993 「焼酎の唄が聞こえる」(出演)

1994 「山蒼き郷～山之口～」(出演)

1995 「よみがえれ　ふるさとの川よ」(電撃黒潮隊・出演)

※1995～97にかけてTV〈チュンチュンアンテナ〉のパーソナリティとして「水曜コラム」「ひむか探訪」「小さな旅」などの番組を企画・構成(出演)

【UMK】

1978 「穆佐の子どもと穆園先生」(構成)

1978 「黒木亮の世界」(出演・作品朗読)

1984 「みやざき春一番談義」(出演)

1984 「日本の心・キモノ」(出演)

1992 「ある"心の旅路"」(ナレーター)

2021 「つなぐ～今語られる38度線の真実」(出演)

8. 対談シリーズ

2010～2021　DVD「宮崎この人」シリーズNo.1～66
(宮崎この人企画)

※森川紘忠(MRT・OB)と共に企画・監修・インタビュアーとして携わる。第1回の郷土実業家・渡邊綱纜氏にはじまり、作家、芸術家、研究者、医師、政治家、戦争体験者など多ジャンルの人物について記録メディアにおさめる。

1967　「曲がり角」（MRTラジオ劇場）

1993　「平成鳥獣議会」（ドラマ／民放祭参加）

1994　「ラジオ読本・大淀川物語」（平成６年度民放祭九州・沖縄地区１位／構成・リポーター）

※1996～97　RADIO・NIGHT〈宮崎浪漫倶楽部〉（26回）のパーソナリティを受け持つ

1998　「王様がやって来た村」（民放祭参加）

※「サンデーラジオ大学」（薗田潤子アナとの対談）他、多くのラジオ番組に出演

7．テレビ構成＆出演（主なもの）

【NHK】

1967　「バラエティ'68猿」（構成）

1967　「海辺」（構成）

1967　「提灯登校」（構成）

1977　「夜神楽の里」（明るい農村・リポーター）

1977　「黒潮の流れの中で」（作家大城立裕氏、史家新納教義氏との対談）

1978　「新郷土論」（編集者津野創一氏、地域活動家中谷健太郎氏とそれぞれ対談）

1978　「"ポーツマスの旗"小村寿太郎」（作家吉村昭氏と対談）

1981　「いのしし料理」（森松平氏と対談）

1984　「九州22時」（出演）

1987　「ふるさとへのメッセージ」（出演）

1989　「はるかなる霧島」（詩構成・出演）

1989　「高千穂夜神楽」（衛星放送オールナイト中継～出演）

1991　「ふるさとを歌い続けて～高橋政秋37年のあゆみ」（出演）

1992　「こどもの世界が見えますか～学校５日制フォーラム」（出演）

1968 「20世紀の箱舟」(台本・作詩)
1968 「Qのシンフォニー」(作詩)
1971 「流刑の海」(中村泰三／演出)
1973 「益田輝子追悼公演」(作詩)
1979 「ターニャの鶴」(台本・作詩)
1999 「百済幻想」(台本・作詩)

6. ラジオドラマ&ドキュメント

【NHK】

1964 「八幡堂の夢」
1964 「親捨山」
1965 「弥五郎どんの足形」
1965 「祭りの青春」
1966 「就職列車」
1967 「神楽宿」(詩と音楽による構成)
1967 「木炭のうたJ (木炭琴による構成)

※1967～69にかけて学校放送「みんなのくらし」の台本多数。

※1968～72にかけてラジオ「県民の時間」のインタビュアーとして毎週出演。のちに南邦和放送対話集『宮崎1968～1972』にまとめて鉱脈社から刊行。

1981 「民話紀行」(詩による構成)
1983 「ドン・マンションへの手紙」(九州劇場)
1995 「あの日あの時、宮崎で～宮崎の戦後50年」(出演)
2006 NHK宮崎放送局 開局70周年記念番組に出演

【MRT】

1965 「切りとられた空の下で」(民放祭九州・沖縄地区入賞作品)
1966 「南邦和の雄弁な夜」(民放祭参加)
1967 「アブラ虫の太陽」(民放祭参加)
1967 「死者の門」(MRTラジオ劇場)

4. 校歌作詞

1974　宮崎県立宮崎西高等学校（服部良一 作曲）
1979　宮崎市立本郷中学校（斉藤正浩 作曲）
1981　宮崎市立大塚中学校（寺原伸夫 作曲）
1982　宮崎女子専門学校（池田敦子 作曲）
1987　学校法人日章学園（斉藤正浩 作曲）
1994　宮崎県立農業大学校（寺原伸夫 作曲）
1994　宮崎県立五ケ瀬中学校・高等学校（中山大三郎 作曲）
2010　宮崎公立大学学生歌（補作）

5. 舞台台本&演出

1962　バラエティ「日暮れから真夜中まで」(構成・演出)
1963　中江良夫作「砂の砦」(共同演出・吉富堅二郎)
1966　バラエティ「日向路の牧水」(構成・演出)
1968　バラエティ「明治の灯」(構成・演出)
　　　創作日本舞踊「城と女」(演出)
1968　オムニバス劇「愛の生涯〜石井十次」(台本)
1971　裁判劇「タテマエとホンネの物語」(構成)
1975　方言劇「村のロミオとジュリエット」(台本)
1977　人形劇「赤い玉白い玉〜山幸海幸ものがたり」(台本)
　　　舞踊劇「鶴富」(黒木清次作／演出)
1978　「この道ひとすじ」(秋月伊津子リサイタル〜構成・演出・ナレーター)
1987　「トワイライト・イン・フェニックスビーチ」(作詩)
1993　人形劇「ツル女覚書〜ある日の石井十次」(脚本)

〈創作バレエ〉〜益田創作舞踊研究所〜

1964　「愛の炎〜ギリシャ神話より」(構成)
1965　「岬馬サビの物語」(構成)

1991　シナリオ『学習マンガ　宮崎平野の歴史』（上巻・ふるさとをつくる／下巻・日向国から宮崎県へ）（鉱脈社）
1992　エッセイ集『宮崎ふるさと紀行』（本多企画）
1992　エッセイ集『こらむの季節』（本多企画）
1996　エッセイ集『新・南国のパンセ』（本多企画）
2006　歴史ルポルタージュ『百済王はどこから来たか』（鉱脈社）
2010　『故郷と原郷――南邦和の世界』（本多企画）
2018　『《新しき村》100年～実篤の見果てぬ夢』（鉱脈社）
2022　『海峡からの伝言～原郷への架橋』（鉱脈社）

3．合唱曲＆歌曲のための作詩

1965　「海道讃歌」（柿木吾郎 作曲）
1967　「虹っ子のうた」（高橋政秋 作曲）
1969　「暖流」（秋月伊津子 作曲）
1970　「海っ子のうた」（高橋政秋 作曲）
1972　「盆地」（川口晃 作曲）
1974　「日南の海」（川口晃 作曲）
1976　「よかぐら」（川口晃 作曲）
1978　「子供の時間」（斉藤正浩 作曲）
1980　「まどろみ」（斉藤正浩 作曲）
1982　「雪も降る」（橋本睦生 作曲）
1982　「三寒四温」（橋本睦生 作曲）
1984　「夾竹桃のうた」（川口晃 作曲）
1984　「児湯のうた」（斉藤正浩 作曲）
1985　「ひとつば幻想」（橋本睦生 作曲）
1993　「日向八景」（森岡章 作曲）
2001　「この空を見よ」（多田武彦 作曲）
2007　「Portrait Famie（家族の肖像画）」（多田武彦 作曲）
2011　「いのちの島」（山本友英 作曲）

南 邦和の仕事

1. 詩 集

1965 『円陣パス』(南方手帖シリーズ3/宮崎芸術創作家協会)
1969 『夜神楽考』(ウルワシシリーズ2/ウルワシ画廊)
1973 『外野手の上の空』(南方手帖シリーズ24/宮崎芸術創作家協会)
1979 『父夢』(創思社出版)
1984 『南　邦和詩集』(日本現代詩人叢書91/芸風書院)
1987 『南　邦和詩集』(日本詩人叢書39/近文社)
1988 『都市の記憶』(本多企画)
1996 『原郷』(詩画工房)
1998 『メニエール氏』(現代九州詩人叢書11/鉱脈社)
2000 『詩画2000』(詩/南 邦和　画/申 錫弼)(カンソン出版)
2000 『ゲルニカ』(詩画工房)
2003 『グラナダの犬』(本多企画)
2003 『南邦和詩集』(新・日本現代詩文庫15/土曜美術社出版販売)
2007 『望郷』(本多企画)
2008 『神話』(土曜美術社出版販売)
2010 『帰郷』(ハングル版/韓国・大邱出版)
2021 記録詩(長詩)『口蹄疫』(鉱脈社)
2023 『古代史人名辞典』(文庫版/私家版)

2. 評論&エッセイ~単行本~

1972 放送対話集『宮崎1968~1972』(鉱脈社)
1979 詩文集『南国のパンセ』(鉱脈社)
1987 評論集『ふるさとへの架橋』(鉱脈社)

あとがき

私が、いま書き続けているモノ、が、はたして〈詩〉の名に値するものなのか……迷い迷いながら、いまだに私は〈詩〉に固執している。これまで折りあるごとに書いてきた現代詩・歌曲・合唱曲のための組詩・校歌・機会詩……など、〝詩人〟の肩書きで私はかなりの量の〈詩〉を書きちらしてきた。

卒寿——思ってもみなかった年齢に達したいま、改めて自分自身の〈詩〉について考えてみた。詩歴七十年——この間、「火山帯」を出発点に十指に余る詩誌を乗り継いで今日に至っている。二十代での「火山帯」（東京）。三十代〜四十代での「絨緞」（宮崎）。「今日の家」（大阪）、四十代〜五十代での「燎原」（熊本）、「大阪」（大阪）、「むただ通信」（個人誌）。五十代〜六十代での「柵」（大阪）、「金澤文学」（金沢）、「竹筍」（韓国／大邱）、「ほすあび」（日韓交流文芸誌）。七十代〜八十代での「霧」（都城）、「千年樹」（長崎／諫早）などである。

この夏（二〇二四）、たまたま「火山帯」のバックナンバーを手にする機会があり、創刊号（一九五四）以来88号（月刊ののち隔月刊）に至る十年間の歩みを辿ることができた。私が二十一歳の時はじめて同人として参加した「火山帯」に、どんな作品を書いていたのか、私の記憶はすでに白濁の霧の中にあった。

私の第一詩集は、三十二歳の時（一九六五）に上梓した『円陣パス』（〈南方手帳シリーズ№３〉）であるが、本書に収録した作品群はその『円陣パス』以前の、〝放浪期〟の作品である。つまり、私にとっての〈Early POEM〉（初期詩編）である。九十歳の現在の私の眼からは、まさに孫の世代の作品ということになる。

一見、あちらこちらに気負いや粗さ、未熟さが見え、二十代特有の若さとバカさと血気と狂気のないまざった自己顕示が見え隠れしているが、あえて〝原詩〟のまま収録することとした。「やっちゃば（青果市場）」に集められた不揃いの青果の中から、たとえ一個・一束でも〈詩〉に価する果実が見つかれば、望外の幸せである。

本書『空の断章』は、詩集であると同時に、私の青春の日日の〝日録〟であり、〝自分史（前史）〟だと言ってもいい。つまり、三回戦ボクサークラスの私が、リング上でパンチを浴びている悲壮でかつ滑稽なファルス（笑劇）として提供するものである。

私はいま、私自身を愉しんでいる。

表紙画は、宮崎県出身の前衛画家加藤正氏（故人）、装画・カットは長年交流のあった国際的版画家大場正男氏（故人）の作品を使わせていただいた。本書も前著『海峡からの伝言』同様鉱脈社に出版を煩わせ、川口敦己社長のご配慮と編集者小崎美和さんにお世話になったことを感謝したい。

最後に、〝放蕩息子〟にも似た私の「文学三昧」の日々、伴走者として共に在った糟糠の妻南久子さんの寛容の愛に最敬礼致します。

二〇二四・晩夏

南　邦和

著者略歴

南　邦和（みなみ くにかず）

1933年（昭和8）朝鮮半島で生まれる。日本敗戦後、日南市に引き揚げる。その後、国家公務員（裁判所職員）として、東京・大阪・横浜・鹿児島・宮崎で勤務。現在は宮崎市在住。
詩集18点、評論＆エッセイ（単行本）11点、合唱曲や校歌作詞26点、そのほか舞台台本やテレビ・ラジオ等の企画制作に幅広く携わる。

〈受賞〉宮日出版文化賞、日本国際詩人協会賞、宮崎県文化賞

現在、日本ペンクラブ名誉会員、日本現代詩人会会員、日本詩人クラブ会員、日本国際詩人協会会員

現住所　〒880-0035 宮崎県宮崎市下北方町牟タ田1159-2
TEL 0985-23-4993

空の断章

二〇二四年九月一日 印刷
二〇二四年九月十八日 発行

著　者　南　邦　和 ©

発行者　川　口　敦　己

発行所　鉱　脈　社

〒八八〇－八五五一
宮崎市田代町二六三番地
電話　〇九八五－二五－一七五八

印　刷　有限会社 鉱 脈 社
製　本　日宝綜合製本株式会社

印刷・製本には万全の注意をしておりますが、万一落丁・乱丁本がありましたら、お買い上げの書店もしくは出版社にてお取り替えいたします。（送料は小社負担）

© Kunikazu Minami 2024